黎明前

谷　频◎主编

LI
MING　群岛
QIAN　2018
诗年卷

文匯出版社

图书在版编目(CIP)数据

黎明前 / 谷频主编. —上海:文汇出版社,2018.9
ISBN 978-7-5496-2713-4

Ⅰ.①黎… Ⅱ.①谷… Ⅲ.①诗集-中国-当代 Ⅳ.①I227

中国版本图书馆 CIP 数据核字(2018)第 206501 号

黎明前

主　　编 / 谷　频
责任编辑 / 熊　勇
出版策划 / 力扬文化

出版发行 / 文匯出版社
　　　　　　上海市威海路 755 号
　　　　　　(邮政编码 200041)
印刷装订 / 成都勤德印务有限公司
版　　次 / 2018 年 9 月第 1 版
印　　次 / 2018 年 9 月第 1 次印刷
开　　本 / 787×1092　　1/16
字　　数 / 340 千
印　　张 / 17

ISBN 978-7-5496-2713-4
定　　价 / 35.00 元

目录
CONTENTS

005

阿毛

导航寻大孤山不遇

大孤山也是有掌故
有姓名和 ID 的

导航指从吴山镇出发
过八公里乡路

及至目的地，路人和居民
皆曰：此大孤山

但见众山挽袖依偎
济济群峰似大别山

谷地的河堤和稻田
飘起烧荒的浓烟

我们被逼回车内
热泪盈眶中想起

大孤山在苏轼和陆游的
鄱阳湖中

阿翔

从一场黄昏开始计划

从你的背影看上去，黄昏
脱离底蕴的部分，以灌木丛为邻，
醒目于你仿佛深受有所偏见的

启示，一点不逊于时间的偏远，
以及风景里假如缺少安静的季节性
就不会遇见诚实的风暴。

但正如你，从不怀疑装饰的礼物，
更何况远眺没有减轻人生的颓废。
世界的另一边，始终不曾

远离我们的真相，所有迹象中，
赞美比神秘的原始更堕落。而你
需要的是草叶的默契，落在

你身上的黑，用于说服黄昏的远处
并不完全是风景的例外。时间的
秘密有时远远多于时间的碾磨，

即便你误会了它们的隐藏，
也不可能误会隐藏中的蝴蝶。也许
安静近乎一个实事：现场显然

比你的等待早已基本就绪。从这里开始，
你视孤独从未出卖过你的误会，
就好像爱情从未出卖过完美天敌。

阿成

螺丝钉

那时盛行的，已难觅其踪——
大雨里的，洪水中的，雪地上的
灿烂微笑的，奔跑跳跃的……

这是后工业时代的必然吗
抑或是世态人心的绝情惩罚？
在街巷，我为修补一种残缺
戴着放大镜寻找——
"哦，一颗普通的、可以填补缺口的
螺丝钉！"
——面对快速奔跑的汽车
和匆促追赶的人群
多么渺小！

时代在爆炸。我们已没有与之匹配的
螺丝钉。一种荣光，掩埋另一种
荣光。这个下午，发黄的银幕，
在我身体里
沸腾——我又看到雨中的雪中的火中的
微笑的但也是陈旧的螺丝钉。

阿门

清明记

春来是清明。春浅，天蓝，无雨
天不哭，我也不泣，既清又明

群山有宴席，众人赴约，不分贵贱
野花开得自然，我也自然，天人合一

一公墓，石碑如椅背，如露天剧场
坐等四月，春运后的又一场大戏上演

除草，燃香，跪拜，默祷……似合唱团
谢幕后，一山，空空荡荡；一天，便是一生

我已半百。余生，我要藏好自在
不与钱交易，也不外借给疾病

父母在坟头，我在外头。生与死
这么近，那么远。我贪生，怕死……

阿鸣

七郎自悼词

人到中年，就退化为
一只蠢笨的蜘蛛
四处结网
又四处自投罗网
即使海上的咸风湿气
也不足以腐蚀
自我的缠绕不清

远了风月，诗意
早已弱化为
一粒糖
落在白花花的盐池里
不知哪根扁担
用一身精瘦
把它挑起
最终在饭桌上
硌疼了谁的牙齿

眼前最近的
莫过于这片海
有青绿的惆怅
刺人的浪尖
更有无人到访的墓地
把喧嚣
尽数留给了怀想

爱斐儿

月色高悬

晚些时候，
我会将它高悬，
一些寻常旧事物。
我抬头，
只是觉得月亮好看，
且有隐约山峦。
此刻，夜色微凉或者冷，
对于踏遍尘世的人，
不仅仅是一阵风亲吻了一下林梢。
碧桃花已沦落成泥，
小小的青涩藏在月下。
而蛙声从小月河托起更多的水清气。
不只是经过的人，
想起了家乡，
掐断了一只冒出新芽的芦苇。
朦胧的月色，
不如内心清澈，
照见对岸新割过的草地，
在清晨刚刚邂逅过死，
痛一次，
其实就是重生一次。

爱松
||||||||

老井

祖父从这里汲水
父亲从这里汲水
小的时候
我也从
这里汲水

这里的水不纯
有苔藓
有小虫
还有小镇的灰尘
和影子

这里的水不纯
有孩子们井边
留下的欢笑打闹
有大人们
劳作一天的家常唠叨
还有小镇的泥土
和沉默

这里的水不纯
布满"司嬢婆"
喃喃祈祷之词
游动着鱼儿
欢畅的又一天
水中的小镇
还会在深夜发出
叮咚之声

这里的水不纯
荡漾着日月星辰
深藏了雨雾冰雪
水里的小镇
还会在黎明前
不知被谁家的大公鸡
一啼叫醒

安澜
||||||||||

我的烟火人生

点亮我这盏灯火的人
我叫他们爹娘
收留我的脚印，冬天里给我炭火
夏天里给我凉风的地方
我喊故乡
让我疼，让我流血，最后
又捧给我满把希望的
是这剪不断又割不掉的
人间烟火。现在，我这盏小命
卑微又倔犟地在这人世间
呼燎呼燎着过了 50 余年，此时
正在努力跨进 60 年那道门槛
用了半辈子的腿脚，已经有些陈旧
也有些沉重，伤过风感过冒有些破损
又被一补再补的身体
也逐渐缺失水份
就像一株草由青葱即将转为枯黄
这一岁一枯荣的草呵
只活一季，却要用一生完成死亡
此时，我想把自己更深地贴近大地
贴近烟火，最好
能重新贴进父亲的命脉
我不是想返青
我是想把他有些佝偻的骨头
搀扶回来

安琪
||||||||||||

每一个西部小城，都有它神秘的一面

这一日我又行走在
夕光中的西部小城
巴丹吉林
巴丹吉林
大街宽阔而明亮
紫荆花摇摆着在风中它们
紧紧偎依发出明亮的紫色
行人寥寥
紧闭的街铺让我们诧异
人都到哪去了
每一个西部小城
在夕光中都有它神秘的一面
静谧安详的一面
巴丹吉林
巴丹吉林
仿佛传说中的某座城
从古籍中走出
邀请我
再次充当它的作者

安然
‖‖‖‖‖‖‖
生活从记事本开始

记事本上有你写的字
花椒，大料，五香粉
一块准备炖煮的猪肉
肥瘦相间
多好，两个人的日子还没开始
一桌饭菜就已经在纸上
先期做好
你说，要吃饭
生活要用柴米油盐的琐碎滋养
你说，要早睡
夜深的时候连灯都害怕孤独
我点头，并
把这些认真的逐一写在
你的笔迹下面
这样多好
两个人的日子在记事本里
热热闹闹，却又
安宁静谧的活着

巴客
||||||||||

露珠项链

那抖落我的疼痛的
你的夜——

挥霍不完颤动的光线和语词的灯塔，
却几无可能递给你一片海，
让鱼群看见北方；

而酗酒的双手放走了北斗七星，
究竟哪一种禁忌能融于血？

那些败北的马拯救蓝色，
那些泪归回你怀里的火焰。
风吹过，
水的声音如何印证峰回路转。

我的身上：醒着你的夜。

白夜
||||||||||

故土之上

向下生长的胡须是故乡的。
根深深扎进大地，
错综复杂，
千头万绪，
都有各自的脉络。

向上舒展的发丝是故乡的。
头顶天空，神清气爽，
天空自由，可以用来望穿秋水。

由内及外的躯干是故乡的。
耸立的身躯，
似故土乡亲们坚挺的脊梁。

变化莫测的命运啊。
从故乡的土地里
生长，在故乡的天空下湮没。

柏铭久

带雨而行

4 点 29 分，早晨起身，
大地有了起伏。
列车转弯，
我看见了时代的首尾就是看不见坐在车窗前
的自己。

怀揣刻骨铭心的爱，飘渺飘洒洒上千里，
现在我又被拖进一场预先埋伏更大的雨中。
这是我与母亲赶集，没有遮挡，
全身淋透颤抖的我，被她搂在温暖的怀中，
遇见的大雨？
脸，贴在玻璃上，
疾行的列车内外泪流满面 。

雨在洗礼？更远处，
我听到自己刚生下来的啼哭。
一个春天凸现一个春天。
正版的麦地，首日封的油菜花
小荷才露，蜻蜓点水立上头
雨，不知是喜悦还是忧伤。
我把我运到云雾正浓的三峡。

包容冰
▮▮▮▮▮▮
雪光照亮前程

无论梦深梦浅，醒来是必然的
鼾声如雷，吵得身边的人辗转反侧
一夜未眠——
深夜的一个电话，她的男人殁了
究竟什么意思，没了下文
你陷在喟叹的漩涡一时爬不上岸
浮想联翩。生死是自然流程
你多想伸手拉一把，拥有临终关怀的秘诀
只因斯人命薄福浅

雪光照进窗口，我们又要启程
大道至简，信愿行三资粮格外充盈
一句圣号动天宫啊！多少群蒙深入经咒
难以回头——
累世所造诸恶业，如果有形
三千大千世界也无法承载

雪光照亮前程。唯有带业往生
横超三界的方便法门
上上根人深信不疑，走进了真理的门槛

包文平

她要是回来问起我

柴门之内，
我把一切都收拾妥当了
梅花树下的土是新翻的，
散发着朦胧的香气
倒下的篱笆已经扶正，
我把酒还放在原来的坛子里
文火温热，
就可以驱离料峭春寒和满身的孤独
她要是回来问起了我，你就告诉她：
柴门虚掩着，
轻轻一推就开了
屋内还是原来的样子，老照片挂在墙上
像她喜欢的那样，桦木做框，有旧时光的味道
这么多年，南山的菊花开了谢了谢了开了
融化成了暖暖的泥，我也没有心思采摘
墙角的石凳上新落了几枚竹叶，我一直在想
一个有关她的比喻：晨起倚窗前，珠帘轻卷
轻柔的光线拂过眼睑之后，微微蹙起的眉……
以前的日子里她就坐在凳子上，读着一部宋词
她要是回来问起我，你就说月光溶溶，杏花疏影里
我用每一个夜晚为她写诗。
但不要说出我的名字
她要是回来，
问起我，你就说"天气真好啊"
——其时，外面可能正在下着雨

冰水
▐▌▌▌▌

听雪

比曾祖母更苍老的
是一台织布机。而纱线是年轻的
曾祖母从头上拔下梭子
白色的纱线跟着飞舞

织了一辈子啊
东边的庭院长满了杂草
纠缠着。错乱着
除草的男人早早走了

"说不见就不见了"
曾祖母放下梭子
看着屋檐。风带着刀子心
变天了。"那个该死的女人带走了他"

白色棉布织满缠枝莲
一朵,一朵,一朵
潜在平针的布面上
——"蜡染一下就显形了"

屋里火炉哗啵作响
一朵晶莹的雪花
落在人间。"那边一定很冷很冷"
曾祖母笑了

丙方
||||||||||

剃
度

假装掐了兰花指，
在一只青瓷跟前
假装装了三千愁，
在一轮明月下面

四面都是剪刀手
飞速旋转，
不知有多少头颅
抛却

陌生的别人
正在设计陌生的自己

彼此打量，
我们发现时光的底色
全在镜子里

蔡小敏

小木屋

猎人回来了，枪口还有些余温
蕨类的叶片粘满衣服
湿湿的。
他把猎物扔在脚下
伸长脖子，嗅了嗅木屋里
炖蘑菇和女人的气味。
这是霜降过后的
早晨，虫子们陆陆续续搬家
从林子的边沿，搬到林子深处

曹三娃
▌▌▌▌▌▌

长相依

一条河载着石头的尸骨。石头太瘦了
瘦的剐不下一点肉
只能看清石头脸上隐隐约约的几颗麻子
和深深的眼眶

石头可能是要走上岸来和另一颗石头相会
犯了河流的戒律，要不，草丛里的那颗石头
夜里总是发出哭泣的声音，
和翻身的叹息声

朝颜

乌云散

云散，医治了天空思念的伤口

月光遮不住灯火的娇羞
街上，行人的脚步有些慌乱
那一定怀抱着心事
涉世者
总为物质保持前倾的姿势

挣脱乌云的压迫
一群人在城外奔跑
他们丢失了故乡的云朵

车前子
||||||||||

秘
法

在她晚年，
只收一个学生，
关上门教
不让人知道。

见缝插针的学院派，
睡觉是最好的高潮
众神在旁
对此却毫无兴趣。

陈颉

君山

一串珍珠，
披挂在湖水头顶，
君山安逸
洞庭，
烟雨迷蒙千年，
浸润多少月色

二妃墓，
黑色的悲恸，
斑竹无语，
我也不敢惊动
当然，
我闭口不言的，
还有这里秋色突然的辽阔

君山，
摆放在洞庭上的磨盘，
湖水拍打的清音
灵魂的阶梯，
心随一滴静美飘动起来，
而后回到肩头

陈广德

琴
声

画面外的小桥很慢。桥下的流水
有琴的波纹，
很慢。怀抱里的白云，把很多年前
落日一样的红带过来了，
涌动一些沧桑，
小提琴有了微雨的缠绵。

街头的清澈里藏不住往事的回响。
有落花飘，有月色颤。
十万里莺声卸下一弯群山。
亮翅的孤独，
一再把悔意搁在一个秋天之上，
不落款。

一再让那片落日穿过弦上的泪，
声声慢。

陈计会

又去看海

海还是在原处，而我走来走去
我因此而白发渐生
海守住它的一群狮子
今天变得更凶猛了，占据我曾经驻足的地方
我只好退回木麻黄树林里
看它表演淘洗法则——
我知道有多强大就有多寂寞
我常常按住内心，不让它泛滥
潮涨潮退如一根绳子
不把头伸过去，就少了烦恼
——当然，也有缚不住的流云
野花在脚下兀自开着，铺向尽头
不执著于生死，自然拥有春秋
我享受针叶林给予的片刻
不敢过多思考，我怕它嘲笑
下次不想见我了——
我还是习惯于走来走去，习惯了白发丛生
习惯在狮子的喧嚣里退守内心的大海

陈亮

隐身

忘记了是哪一年哪一个夏天哪一个傍晚
太阳埋进土里，小狗对着香案作揖
院子里呈现出一种草灰的颜色
我听见有人在小声喊我
可环顾四周也找不到什么
这时，猪窝上的倭瓜花一下子全开了
花很大，一只风流的蛾子深陷其中
不能自拔，翅膀急切而清晰地
拍打着花朵的内壁
院子里的香气骤然浓郁起来
榆木桌，槐木凳，粗瓷的海碗
红漆的筷子，自己主动的在院子里摆好
早年当过货郎的祖父眯着眼睛听收音机
小脚的祖母从黑屋里端出一脸盆疙瘩汤
——和往常一样，我们开始晚饭了
我埋着头专注地喝着吸着
等我抬起头，突然发现祖父祖母不见了
但半空中他们的碗还在晃
筷子也在动，也能听见他们
呼噜地喝汤声，我有些急了
满头大汗地哭了，出悲声的一刻
他们又猛地出现，慈祥地望着我
让我瞬间疑惑着害羞起来
——多年后，当祖父祖母真正离世时
我并没感觉有多悲伤
我始终认为他们还会和那个傍晚一样
不过是隐身了，很快我们还会再见

陈群洲

十二月的村庄

云水苍茫。池塘里浮着村庄的虚拟局部
山峦内心沉睡着奔腾的河流
偶尔的小鸟飞过天空。午后的华航农庄
静得像丛林中的梦境，仿佛遥远的 1854 年
瓦尔登湖畔"春光来临之前的一切琐碎"
诗人们天高海阔，在一壶正山小种里虚度光阴
远处的马群还在草叶上寻找激情，而野菊花
开始告别原野。柚子的爱结束得稍晚一些
三三两两，有如油画里人老珠黄的妪
被生活抽干了水分，再没有谁会在意她们
这些路过的小小生命，她们的来世今生
风兀自吹过竹林，一阵小雨
隐于尘世，悄无声息

陈先发

南洞庭湿地

所有地貌中我独爱湿地
它们把我变成一个
两个，或分身为许多个
寡淡的迷途者
在木制栈道上，踩着鹭鸶模糊的
喉咙走向湖泊深处
又看见自己仍在远处枯苇丛
同一个原点上

此生多少迷茫时刻
总以为再度不过了
附身于叛道离经的恶习
被淡淡树影蔽着，永不为外人所知
只在月明星稀的蛮荒之中
才放胆为自己一辩

徒有哀鹭之鸣
以为呼朋引类
徒觉头颅过重
最终仍需轻轻放平

听见第二个我在焦灼呼唤
我站在原地不动
等着汹涌而旋的水光把我抛到
南洞庭茫茫湿地的外边

程维
||||||||||

点穴

老夫点穴，一竹杆打倒满船人
不能怪人家手狠，只怨咱避之不及
还是功夫所限，不拿下奶头山，也成不了仙
你捆一身手榴弹仍炸着自个，一件破棉袄
飞上天又咋样，没不成变为上帝的袈裟
天宫不把你当外人，留下守厕所，给人间亲戚
快递两窝头，神仙的伙食也是农民供的
就那点给养吃不出三高来，还减肥，头不晕了
人变得积极上进，歪打也不正着
还是那点手劲，赶鸭子上天，打鸟落土
你剃个光头，貌似开悟了，跟俺一打照面
就张嘴要化缘，这是欠妥的
佑民寺不会放过你，八大金刚会拿你归案
罗汉堂不是虚设，菩萨法度谨严，岂容小觑
民间扒手在肚兜里采茶，翻身道情
乃文化站长项，加上打板，泡脚，吃桑葚
一色水灵，你好歹唱个肥诺，也救活一座剧院

敕勒川
||||||||||
填

表

这一生不知道填过多少张表，但仔细想一想
似乎没有一张
是真正为自己填的
我们总是为这样那样的事
添上这样那样的文字，无非是
姓名，年龄，男女，籍贯，学历……

如果可能，我愿意下面这一张表
是我此生填的最后一张——

姓名：一个善良的人
年龄：一直没有长大
性别：有时候男，有时候女
籍贯：母亲的怀抱
学历：生活初级……

如果可能，我还想把自己的死亡证明填一下——
他死于一场心灵的激情

初梅
||||||||

今天零下七度，明天零下十四度

"大雪，地上厚厚的一层
今天零下七度，明天零下十四度。四十年来
最冷的一次
把最厚的衣服拿出来
早上去买些菜，备足三四天的量"

她循着一条早七点的短信
一手拉着儿子，一手拉着购物车，
小心翼翼踩着雪
在菜市场转
白菜已经冻伤了，萝卜也冻伤了
芸豆、蘑菇、黄瓜、甘蓝……
它们眉眼低垂，缩在老街道旁，都冻伤了

她感觉视力越来越差，
找不到一棵有温度的菜
——儿子第六次重复他的问话
"妈妈，那个睡在天桥底下的人，怎么样了？"

达达

木匠

树是圆的
经过木匠的手斫成方
木匠是方的
经过身体里的手搓揉打磨成圆

一棵圆的树在木匠手里是一块好材料
斧劈、钵走、刨光、手锯、契合
变成桌椅、橱柜、门窗
一个方木匠在岁月手里是一块好材料
饿其体肤、苦其心志，打架、斗殴、拜师、学艺、
独闯江湖
最后磨炼成一个手艺平平但会耍奸、滑头的木匠

想起多年前我有一方好木材，请过一位方姓木匠
给我一套 80 平米的新房整整磨了 105 天洋工
当他把一门谋生的手艺变成冗长的时光
我则在苦不堪言的民间术数煎熬中识破人间的真相

大解
||||||||||

读史

那时，一个国家遭到了暴打。
地图不是揍扁的，但是毛边的疆界
一旦撕裂，必动刀兵。

一个国家被打死，哭也没用。
征服者不需要理由，他骑在马上，
哈哈大笑，随后风卷残云。

读到这里，有风吹来，
书页自动翻过去。
椅子后面的阳光，挪动着阴影。

我站起来走了几步，又重新坐下，
这时书卷上密密麻麻的文字像人群，
拥挤着，发出了喧嚣的声音，
正如人们所知，
江山易主了，一个王朝更换了姓名。

大连点点

我爱你

说好你要来
我赶紧拿了根铁棒磨针
就等你趟过齐膝大雪
来穿我手上的厚底棉鞋

除此，没有更好的版本能够说明
孤独的人，都有个千里迢迢的冤家

大喜
|||||||
高井弄草药铺

整捆，半扎的，一株株草放平身段
自愿跟采药人来街市

早先，它们管自己叫杂草
长在山巅，或溪谷峭壁，或古木上
没成为药之前，已怀药的悲悯
并告知采药人在几步之外，如何辨识自己

它们较早地从泥土，水和细菌中，感知
某些人间的病症
去往病榻途中，循着空气的脉象
它们反复探摸某种病灶
最后，它们会轻轻舒出一口气

此时，埋首药柜药典的一张瘦脸
缓缓抬起来，摘下旧眼镜
像一副草药
慢慢说出那疑难杂症的名字

刀鱼
||||||||||

朝相反的方向出发

仇敌在对岸的屋檐下
饮酒取乐，失去了警惕心

干掉他的唯一途径是泅渡
但师父劝我
远离。朝相反的方向出发

为此，我放开亲手造的血檀木船
埋掉亲手打的镔铁匕首
随师父云游四海

过了多少年
我已完全记不起仇敌的模样
我记不起我曾有过这念头

第广龙

‖‖‖‖‖

刻在土崖上的诗行

一个个井场被土塬环抱
搬完铁疙瘩
拿起管钳拿起扳手
我在土崖上刻下一些简单的句子
那是我最初的诗歌练习
亲人最远，过年了我刻下"想家"
骂队长的话太毒了
刻下又毁掉
"刮啦鸡飞近了又飞远了"
这种土色大鸟身形笨拙
转眼就翻过了大山
借着探照灯的光
我刻下"杏花睡下了吗"
我只梦见她一次
在野外队外面找狗
叫我坏蛋，我又刻下"我是坏蛋"
我刻过"星星陪伴我"
刻过"大山你好"
记得清楚的还有一句
刻在一场大雪之后
"再不送饭来，我就不想活了"

冬箫

沉
默

沉默是巨大的，犹如空洞
看不到边际和花草

只有一头兽
每天在这里憋屈、孤独、冥思
他表面很安静
看一束细小的光中的一颗尘埃
慢慢移动，坠落
在脚边、头顶、睫毛和肌肤之上
一颗一颗
掩埋自己

他不由抬起头，盯着远方的那一点光源
似乎越望越大，越望越大
直到火焰扑面而来

然而，他
仅仅是个瞎子

董喜阳

不要担心自己的存在

如果这种设想大于我的存在
如果可以冷静地面对孤独和绝望
如果尚可卸掉自尊而敏感的心灵
随流失去是否也变成一种轻松，或是
迷失在幽暗隧道里的一丝鸣响
我们在显微镜下挣扎的，在玻璃窗上打滑
的道德与尊严，早于别人的痛苦而得意
的盘旋，先于人类哭泣而欢愉的情感
如此的渺小和可怜
我们时常经过山峦，像飞鸟衔着口粮翱翔
在鸟与我们之间，山没有我们的存在
华美的葬礼和迎亲的乐队，它的眼中
没有生命的姿态
它们是蘸着蜜糖兴奋的蜂类
死亡并不可悲……

朵拉

牡丹亭外

月光不老。凝视五月的牡丹
要如何保留芳菲的一刻，要如何保存嫣红的一刻
一梦，叫似曾相识
另一梦，叫今生今世
戏，是好戏
掀开了整整十六页的心动，你推门而入
——玉面，布衣。放下两袖诗意
小女子坐在树下，翻动手中的丝帕
粉绿的绣裙保守着恬静

你说得对，有几道微澜
肉眼是见不到的
——她轻启红唇，第一朵牡丹是焦虑的
第二朵牡丹与世无争
瞧，这第三朵牡丹
多像有情人
柔情如水，香息浮动。一册游记念到第四章
立夏之后的第七天，你终于知道
她不姓杜
她姓桑

方文竹

遗产论

非常时期里　像奇特的邮件　遗产以非常的方式
寄放在一个伟人的名下　无异于埋下了一颗巨雷
请不要高估你的双脚　花朵已经抢先一步
收到死讯的传单　吊诡的是
花朵接着成为遗产以及遗产的一笔脚注
其实呢　遗产的款项早已脱胎换骨　接着净身
就像将旭日装进左边的口袋　夕阳装进右边的口袋
迷人的诗篇里一个关键词一贫如洗
就像那一把去年出土的古琴佳音涟涟接着修身养性
昨夜老魏与我谈及甘心街三兄弟官司打到京城
还有一位富翁莫名地死于情妇的酒杯
明月的毒液分泌出一千种色彩　化为朝露的
纷纷典当时间的琥珀　收下遗产税　好比
附加值转化成一束光芒　心灵腾开一小片空地
宇宙深处的婴儿爱上了追风　在你看来
一文不值　穿心莲在上帝的中药铺
也只是一剂意象的血脉　防治于一头唯美的豹子
它走在热闹的大街上　却无人过问
那么请让公海上的一只彩船任意东西吧
多少年后那只黑暗中翻箱倒柜的手
终将推开一扇月光之门

有一些往事可以静静反刍

老屋还在，柴门虚掩
水井像一只睁开的眼睛
只有它才能看见，曾经在其身边
忙碌过的人
而这些人已经消失得很久了
连记忆也追赶不上

有些人不能惊动
而有关他们的往事，却可以
静静反刍
像朽驳木柱上模糊的纹路
熟悉自己的走向
他们卑微、善良、谨慎、隐忍
在低处生活，连离开时
也从不声张

风荷

丢失的密码

这竹杖远离盲者
这可怜的人不跟催眠者合作

这祭师不在祭典
这星子坠落到薄薄的城墙

这暗喻的钥匙打不开果实的门
这露珠喊不出花朵的名字

这苦锁着爱的甜
一个晚上，她都在与一群小矮人交战

高鹏程

||||||||||

风门口

十年前我曾到过这里。写下一只蝴蝶的跨海飞行。
那时我曾以为所有的诗意都在远方
我以为风
总是从很远的地方吹来。

然而生活如同眼前这块
沉寂的礁石，带给我无声的训诫。在它底下的一道
隐秘的岩缝里
寄居蟹在潮间带之间辗转
它苦苦寻求的安身立命之所，
不过是一只稍微大些的螺壳。

十年了。风吹塔白。风继续吹着时光弯曲的背影
而这些年
我唯一学会的事情，就是俯下身来
聆听一只死去的螺壳里的风声。那是

来自大海的低音。另一场
风暴的源头。
从前我把它作为走向远方的号音
现在，我相信
它蜷曲的螺纹顶端，
藏着创世之初和世界尽头的秘密。

高作余
▏▎▍▌▋▊▉

老虎的细软

老虎的细软是绵里针
是黄褐色的矿石，是废弃多年
孤零零的矿井，是千山飞绝的雀鸟
和他们远逝的故乡

老虎的细软是荆棘丛中
虎视眈眈的铁夹，彪悍的猎户
和他温顺的女儿。老虎踏过的
每一寸土地都会熊熊燃烧

这只粘满动物鲜血的老虎
不止一次撞进我怀里，而我恍然不觉
但他是柔软的，他的细软是绵延千里
的岭南梅雨，是我骨头中摇摇欲坠的
酸楚，和再也回不去的青涩少年

宫白云

父亲的墓地

我在母亲的子宫里
随她去过，她的恸哭是我的胎教

我厌倦了泪水
厌倦得连泪水都说"够了"

不够的是，他墓碑上的名字

我四十年前去一笔一画地描过
三十年前去一笔一画地描过
二十年前去一笔一画地描过
十年前去一笔一画地描过
一年前去一笔一画地描过

好像每一笔每一划
都是在为他屈辱的一生
树碑立传

现在，我累了，父亲
请你从你的名字中出来
把你的手放在我的额上

谷均

长涂港

孩子，你可见过海上的日出
凌晨五点，星星隐去
月亮隐去，初升的太阳自海面升起
孩子，你可见过海面上
最繁华的盛开，金色的，银色的
红色的，粉色的，还有白色
那流动的光亮，鱼和波浪的牧场

孩子，你可转过身来
海鸥，在一场潮汛与另一场
潮汛之间，侧身飞翔
如一条条丰满的鱼
系在外婆家的一缕炊烟里
她给你做的第一桌丰盛的海鲜宴
让你动用一生的味蕾品尝

孩子，你始终在心底培养幻想
以至在大海边流露出惊喜和渴望
让你终于说出了你的快乐
而你相信，那些抚过海水的手
都能触到鱼儿的美

孩子，暑期之后
我们离开长涂岛，你见证的结果
会凝成一篇什么分量的词
你会觉得一条舟渡
便是一滴海水，如潮地划过
一个俊秀的绿岛

谷频
||||||||||

都是我感动的

播种抑或收割，都是我感动的
稻草人在星空倾听蛩鸣
在沉默中发芽，哪怕瞬幻的云彩
都不会影响他放飞纸鸢的弧线

等待抑或告别，都是我感动的
退潮的大海摆动鳍尾
浮动的岛屿在白色琴键上翻动
谁会无动于衷地目睹这场漂泊？

温暖抑或闪亮，都是我感动的
如果火焰照亮天堂，听见
季节的沙粒滑向手边　永睡不醒
但坚强的飞翔仍会留在冷空中

谷语

行者

一夜之间，秋风席卷草原
放眼，大地展开
时光以金黄小楷写就的檄文

我是托钵的行者，在汉语里问道
多么爱，生命，这精致的瓷器
美学的昙花
不停留，独木桥也很美，远方在白云上

着迷缤纷的世相，旁逸斜出苦与乐
以温暖的痛感，轻触
一根白发的癌细胞

老年在体内扩散

我在白峰种植一座故乡

一

清凉的树下，安静犹如空气的凝固
没有风，空气好像静止
而十二只大鸟瞬间飞了过来

像喃喃自语的游子，一只盘旋的鹰
一只会飞的蚂蚁，一天的静默时光
和此处的所有风景，都落到了笔端

在白峰，紫色和黄色跃然于纸上
像一幅灵动的画。信步走在青山中
一个画板，颜料，描绘深秋的到来

二

白是洁白的白，祥云在无声流淌
峰是群峰的峰，阳光在群峰之上
白峰是归乡人永远抵达灵魂的家园

绿色的河谷，紫丁香的声音
随遇而安，像山里潺潺作响的细水
从遥远的天外，化成雪融成水，一直流淌

那十二只大鸟拍打翅膀，羽毛轻轻在说
请归去，快归去。石头的心长在坡底
此刻，母亲永在故乡，白峰在召唤

三

我要在白峰种植一座故乡。那故乡的梦
在待放的夜色里，摇晃。万籁俱寂
归乡人的心里霓裳舞曲犹在，青山空茫

远眺故乡，声音婉转。仿佛有铃声回荡
仿佛是古刹屋檐下的风铃声
仿佛是回到了今生前世

像是提灯人找到了故乡的方向
风声开始怀念，思念在疯长
和着雨声。回音袅袅，我回到故乡

夕阳，是用来坠落的

海湄

谁都会有剩下，一句台词的时候
激昂的人，挥舞着手臂
我站在阳光下看他
从手指到手臂
都有诡异的弧度
仿佛舞动的蛇蜕，代表长短不一的王朝

夕阳，是用来坠落的
我朝他做了个手势，他停下来
接着陷入更疯狂的慷慨，戏台下亦然堆满了
烂芝麻，我闻到腐朽，闻到与鲜花
背离的瘴气，我放下试卷
一双迷离的眼里落满了
没有翅膀的鸽子

寒寒

白夜

他在最近一首诗中
这样写道：这白夜中的白夜
我的孤独即我的理智。

——多么隐微的痛楚，何其
幽秘的美！她读到的时候正是正午
同窗外所有行色疲弱的人一样

蒙霾的正午，是黑暗的。所有
她历经的高山和流水，她写下的
每一个词句……此刻，也是黑暗的。

"如果你不闪光你就是黑暗！"
她等待他紧攥白夜的理智，领走
更黑暗的自己

韩文戈

交汇

暮晚时分，我喜欢坐在倾斜的光线里
看河口的两条河隐秘地交汇
那时，我的身后，白天与夜晚也在交汇
我的肉身，生与死每天都在一点点地交汇
我看到翻涌的水不断从深处冒出来
就像绽开的玫瑰花瓣，无穷无尽
它们被一双看不到的手分开，然后舒展
又一层层剥去，平息
此刻，不远处悬挂的每一颗苹果
朝南与朝北的两面，青与红浑然圆满
喜鹊与乌鸦在同一枝头交替鸣叫
演奏着我们听而不闻的天籁
我能够感到，瞬间在不停剥离，远去
而永恒依旧蛰伏，不动声色
不多时，黄昏便已撤退
草木隐进了自身的幽暗，长庚星出现

汉江

午夜的飞越

拇指按着上海，食指摁住纽约
极度扩张的虎口下
留契夫火山抑制着暴躁的坏脾气
西南是东太平洋
东北是白令海，之上万米高空
是一架波音 777 飞机
是飞行指南屏幕前坐着的我——
一支急不可耐的烟火
想摆脱安全带的束缚
想以每秒 25 公里的速度
划破或撕开夜的紧身衣
不用解开舷窗的纽扣就能看到
云的肌肤，如果能用手抚摸
它会融化成散漫的雪浪花
缀满蓝天的海，我和我乘坐的飞机
都是其中一朵……

何冰凌

敬亭山赋格

水阳江边还漾回着去年的风雨
山上雾霭飞升
岚气弥漫，在敬亭之南
扬子鳄栖息的浅池内
春草葳蕤的缓坡上
采茶妇人生动的指间

"茶园使人安静。"①
"流水的声音使人安静。"
"鸟鸣声也使人安静。"
这是安徽南部，潮湿又多雨
四周的场景酷似梦境里的哭泣
冲突。短暂。易逝
啊，没有什么比一座山更长久了

一年一度
万物在此中醒转，无一处不是新的。
唯树底下这个人略显陈旧
花朵，因袭了春风世界的传统范式
敬亭山由此得到了美和赞美。

---

①作家钱红丽语。

何山川

在小祇园，我愿意像他们一样做一名证人

几间普通的房子，一个避雨的地方
青石板里面没有火光闪闪。
赵柏田平静地走在上面，
马叙在有风景的窗户前慢了下来，
两个奇怪的人。沉默着
倾听着。
雕梁与画栋是古代的存货，有一种绝望的味道。
风车，藤椅，葫芦上光影斑斓。
只有阳光是新鲜的，
进入十一月九日上午的小祇园
如同进入了一座寺庙
我唯一愿意相信的是：
那两个奇怪的人都是有信仰的人
而那些嘲笑的人们，多年后将不知所踪

红线女
‖‖‖‖‖‖‖

蒲公英在上

沿途都是矮矮的她们
仿佛要小到泥土的下面去
我没有说尘埃，是因为我匍匐在地的身体
紧挨着她们的小花伞
金黄金黄的，比尘埃更低

那时正好有风经过
焦急地把你推向我怀中
蒲公英在上，我们一起奔向生活的另一面
藏着的暗语，依旧在草地上歌唱

这是爱情的歌声
居住在彼此的目光里
像小小的的蒲公英
开出湿漉漉的花
永远不会厌倦自己
永远不会有荒漠
更不会在荒漠中想到死

洪峰

与时光书之十

我只是参照物
就像风中的浮萍、树叶、风筝
每一次晃动
都在描述风的存在

时光——
是与生俱来的朋友，还是敌人？

你隐藏了答案，说——
一个人，要与时光相依到老，是多么的难
一个出卖时光的人，终会
被时光出卖

随时亮起的红灯
一再提醒我——人到中年
要学会周旋

洪烛
||||||||||||

桃花扇

这把祖传的扇子
注定属于秦淮河的。秦淮河畔的桃花
开得比别处要鲜艳一些
你溅在扇面上的血迹
是额外的一朵

风是没有骨头的，你摇动的扇子
使风有了骨头

这条河流的传说
注定与一个女人有关。扇子的正面与背面
分别是夜与昼、生与死、爱与恨
是此岸与彼岸。你的手不得不
承担起这一切，夜色般低垂的长发
成了秦淮河的支流

水是没有骨头的，你留下的影子
使水有了骨头

你的扇子是风的骨头
你的影子是水的骨头，至于你的名字
是那一段历史的骨头

别人的花朵轻飘飘
你的花朵沉甸甸

胡澄

日子

一生中总有几个不平常的日子
其中一些，你想把它高高挂起
在一群平常的日子中间
它们那么耀眼。也有一些
你恨不得把它除掉，就像肠腔里的
肿块。除掉它，以使肠腔顺畅

三观不同者，也混在我的队伍里
她构成了我的曲折、我的弯路
以及我的日子的风景线

已经过去的都是我的日子
一生将尽，这些日子
我既不能全然还给尘世
也不能卷起来带走
但它们的信息
镶嵌在我灵魂的磁片里

胡茗茗

舷窗外

舷窗外，一朵白云认出我
幻化作熊、兔、哈达、烈酒
飞入掌心觅食的鸽子
依旧是人间万物，却有了神的样子
再无轮回之苦

我在一头豹子的尾部认出了父亲
他正指挥一群绵羊向我狂奔
仿佛有一股力量要破窗而入
仿佛有时速一马赫的热泪
要驱赶万米高空的寒流
机舱内熟睡的人们不知自己
正穿越一场盛大的相认
而时空流转，既静止，又飞逝

我的手，有着太多记忆,被抬起
被贴近舷窗。对着这道生死隔
我试着喊了一声"老爸"
又学着父亲的语调，暗暗叫了一声
自己的乳名

胡弦

黎明前

黎明前有个人死去。
树叶沙沙响，空气中的氧
又被重新分配了一次。

黎明前有人在倾听寂静，
灰尘和窗格在吸收那寂静。
猫穿过人间。一场大雾，
在摸索更大范围内发生的事。

黎明前像个低音区。
纸张空旷。道路试图从林中走出。
死者，半个身子有光，半个身子，
还滞留在昨夜的黑暗里。

在小酒馆

那日，
我从苏北回来。
那日是 2016 年
8 月的最后一天。
我还记得同年的另一个日子，
6 月 18 日夜月明，
听屋前屋后灰喜鹊、腊嘴、薅割鸟、苦恶鸟
清澈交错而鸣
至亲之人尚有二妹远在粤西
22 时 36 分，父亲离世。
20 日午间，在村东新坟前
烧掉他喜爱的东西，
但留给他常用的收音机
家里的一串钥匙。
自此之后，众亲之中，
无人牵念我的诗句
自此之后，走在田野里，
会想到为数众多的永别
寂寞袭来，令人颤栗。
我从异乡的窗户后面退出来了，
一如从孤苦与
秘密中挣脱。现在，
哪怕太阳和星星破裂
我也可在小酒馆独坐
将无可告慰的日子悄然度过。

花语
‖‖‖‖‖‖‖
巴丹吉林把快感摆在沙漠上

快感不是摆在床上
才有意思
比如，赛车手
把快感摆在转动的方向盘
和飙车的时速上
吉他把快感摆在吉他手变换的节奏
和调弦的音准上
黄昏把快感摆在欲走还留
忍不住回眸的夕阳上
阿拉善把快感摆在曼德拉山
掐不出汗水，叙事的岩画上
巴丹吉林把快感摆在沙漠的碎金
颠翻众人，狂奔的尖叫上
雅布赖把快感摆在一次诗会
众诗人走来走去，走来走去
被震撼被震惊
被语无伦次的感动上

还叫悟空

‖‖‖‖‖‖‖‖‖

去年春，陪父亲在汶河边喝茶

阳光照得身上暖洋洋的，照得河水一闪一闪的
父亲半闭着眼睛
很享受的样子

忽然间想打个水漂
左右却寻不见
瓦片或石子

没想到他蓦地睁开眼
把茶碗盖丢给我
拿去玩吧！

真好笑！
那语气好像
我还没长大一样

可我很不争气
茶碗盖在水面上跳了没几下，就沉了下去

065

黄玲君
▕▕▕▕▕▕▕▕

虫豸

打开抽屉的一瞬间
这些拥有小翅膀的虫豸，冲撞着
只是在提醒
彼此共同拥有的狭隘空间
黑暗里，待得足够久了
超过了生长所需的时间
现在是七月，盛夏季节
窗外有电闪划过，隐约的雷声
再一次证明
在这个被分享的世界
没有旁观者
亦没有亡灵
他们彻底远离了大地的居所
以便去赶更遥远的路程

霍俊明

鱼鳞在身上的暗处发亮

收拾一条东海岸寄来的干鱼
板硬的像一段上了色的枯木
盐粒籁籁崩落
生活在黄昏又多了一层咸苦

把它们用清水泡软
盐和鱼都来自大海
捕鱼的和晒盐的都是彼此的陌生人
你和另一个人隔着日常之水

北方的夜带着即将降临的雪意
鳞片在冬天的白瓷灯下闪亮
一个个揭开
片瓦不存的屋顶

薄硬干脆的鳞片弹射进水池里，案板上
地上也是
还带到了卧室的地板上
其他的被池水带入更深的下方和黑暗

几天后
那些鳞片还沾在我的头发里
裤子的褶皱上，夹杂在
毛衣上，鞋帮里

我带着这些鱼鳞
走在北方的街上
那些暗处的亮光
没有任何人察觉

江浪

八月记

事实上，八月刚刚降临，有些事情尚无定论
你独处高地，鹰一般注视
在众人宏观概念的范畴中：将自己定义为罪人
剑走笔锋，你的意志偏冷
该死的同类,该死的鸟群
从乡下往小城迁徙

身上挤满耐不住的火，使腹股沟的寂寞不断膨胀
蒙面人也有优柔寡断的地方
反复推磨足迹是地理学家做的事情
但他怎么也带不走的是：故乡

体内正急剧飞翔的物体
起舞的姿态不亚于上空一只巨大的气球
完全不顾无法设防的气温
一个劲拴住人们的意念和迫切的肉欲

在无限的空间里翻腾自己
像此时：大多数物质的步调一样，加速升温
八月，飞得越高的事物 坠进的坑就越大
像此时：满城大大小小的飞蛾葬身火海

江南潜夫

祖传的职业

我一直在从事着一门祖传的职业
就是在自己的身上钻洞
有如一个敬业的地质勘探队员

年年钻，月月钻，天天钻
每钻一次，就让身体打开了一次窗户
仿佛一只旧钟表，又上紧了一圈发条

从体内掏出风霜雨雪
掏出日月星辰，更像是在掏
掏不尽的非洲钻石

白天钻，晚上钻，钻了一辈子的洞
就为了在自己的身体中
给自己钻一个墓穴

蒋立波

‖‖‖‖‖‖‖

菜谱里的细雨

春山刚刚从酣睡中醒来。
亚热带植物的根系，还没有吮吸到
一孔确信的泉眼。
出于虚妄，一棵樟树披上了豹皮，
但对于一身斑斓的临摹，
似乎仍然逊色于盘旋而过的麝凤蝶。
假道现代性，人工水池的唱片，
开始重播石鸡去年录制好的鸣叫。
说起来可惜，晚餐你们终于还是没吃到毛笋，
端上餐桌的，是另一种不知名的野山笋，
纤细如一根根刺破寂静的针，
此时，却被用于对寂静的缝补。
细雨没有写进菜谱，但不知不觉中
它像一种额外的款待，
在香椿炒蛋和凉拌蕨菜之间到来。
"而这些山是一种剩余，等待着枯干。
风格随暮年的积雪慢慢消融，
直到只剩下嶙峋本身。"
夜色中，白炽灯的钨丝嗞嗞作响，
像是对时间谨慎的抵制，
或者一种小声的忠告，提示我们
诗行所承受的电阻。

蒋志武
|||||||||

每个人都想肆无忌惮地活着

今夜的南方，有雨，倾注在屋顶
无人唱歌，矮小的砖头蜷缩在角落
这么大的一个地方
没有能让我入眠的法器，包括禅

这些年，从湖南的小山村
辗转于辽阔的南方，海面的泡沫
破没，又一个个接着鼓起来
远方，听起来是低沉的
在我的胸前，有囚徒，也有病夫呻吟

争辩，一个没有具体姓氏的南方
我不想落草为寇
每一个人都想在自己的天地里
肆无忌惮地活着，不打欠条
修一条回家的路
因此，我必须从今天到明天，从生到死
从恨到爱，从痛苦到快乐，从绝望到自由
为这个富丽堂皇的南方写下这个句子：
"当树落光每一片叶子的时候，南方的天
便亮到了故乡"

金铃子

‖‖‖‖‖‖

雷雨当前

雷雨当前，我应该准备好自己的天空
重新整理骨头里的闪电
理顺头脑中的狂风。雷雨当前，必须仔细
看一看，哪些峰峦，需要惊醒
哪些河流，需要清洗
雷雨当前，快去撑起倾斜的大树
快去收拢好听的鸟声
雷雨当前，我突然怀念起那些晴朗的日子
突然把太阳抱了出来

金问渔

碧云路

过江南道 上碧云路
或下碧云路 过江南道
这是我日常生活 必须的折返

一路紧跟着问号 浮起古诗和断句
"愿借老僧双白鹤，碧云深处共翱翔"
那取名的官员 有些浪漫的情怀？
"愿以碧云思，方君怨别馀"
当年筑路的工人 正相思远方？

"碧云日暮无书寄，寥落烟中一雁寒"
我偷藏起一个书名号
把它变成自己的忧伤

这些天 路边的草丛突然钻出了
一长排绯红的彼岸花
哦 农历八月了 白露微凉
它们真像一束束散开的焚香
我想起了彼岸的父亲

景绍德

扶着他，更像扶着一个悲观主义者的明天

一位从乡下进城的老人，
被一泡尿憋的提着裤子
寻找嘘嘘场所
他，用慌乱的目光看着我
眼神里，有我无法说出的空洞

嘘嘘之后，他说出一系列词汇
脑血栓，死了算了，给儿女添摞乱
……
我只能用更空洞的词藻
摁住他此刻的悲伤

将他扶下台阶，他双手合十，颤抖着
流着泪
扶着他，像扶着一片轻飘飘的叶子
更像扶着一个悲观主义者的明天

纠错

||||||||

伊丽丝的小花园

伊丽丝的花园里没有亭子，
也不种植牡丹
她摒弃那些繁复的，
在枯枝上刻道家的简
种菊，寻南山的悠然，
而悖论恰好于此际生成
她在层层叠叠的花瓣中堆砌惶惑，
不可删除
不能轻易取下蕊中的虫，
不能以浓墨淡彩审度
甚而，她疑惑于眼前的有，
崇尚雨后草香的似有若无
她将自然、人生拆解为不可知命运，
一次次陷入漩涡

一开始，
她只想要一个小花园，
以伊丽丝为名

康湘民

向时间致敬

整整一个下午，我守着这条河，想要见证
波澜里的喜悦和悲伤
我能得到什么？
阳光不停地拍打水面，并让天空
布满刀剑和水果

岸边繁花嬗替。水下石头活跃如盗贼
照镜子的燕子是小妖划开了动词
几只大船驶过，
它们强有力的心跳令河水收放自如

星星如蜂巢，隐匿在天光背后
蚂蚁的心太大了，它们想要搬动更多的无常
隔岸无人。蒿草在影子皮肤上滚动

我能得到什么？
暮色降临。下午的阳光最终遗弃了一条河
我起身，遗弃了这个下午

柯健君

总有一片闪着微光的鱼鳞

天阴沉沉的。像一个孤独的人，
总那么不高兴
浪打上来的声音，也沉闷得可怕
码头上的风，要把我从堤岸吹到
不远处的妈祖庙里去

它以为我是佛经里遗落的一段文字，
或一炷香火

我看着海。那里有肆虐和抗争
有无惧的帆在暴风雨里显现

天越是阴沉，
翻出海面的虎头斑或梅童鱼越能
闪着光——即使微小，总在不断持续

蓝野
▬▬▬▬

山路弯弯

村子里的白族女人
来自遥远的云南

16 岁，随光棍大周进村当天就圆了房。
孩子 4 岁时，先天性心脏病男人的肚子
突然肿得像一面大鼓，死了。
似乎是顺理成章，她改嫁给大周的弟弟
这第二个男人没留下孩子就走了
死在了青岛的建筑工地
在建的楼突然倒塌……

我和一位白族女诗人聊起她来
在太平洋的一个小岛上，安静的捷运里。
女诗人穿着得体，举止优雅
正说着她的艺术理想。
她的同乡，远嫁山东的云南人正在这时打来电话
用比我还重的莒县口音抱怨——
乡亲的坟地修在了她家的田里
越堆越多，越堆越大

造化弄人，命运就是这样
将两个白族女人一个抛在了鲁东南的山沟里
一个安坐在现代列车上

通话那一刻，她正挑着土肥
在弯弯的山道上气喘吁吁地走着
扭着娇小的身子。
远远的路上，一定有人卷着舌头，窃窃私语——
看那个小个子的外乡人
屁股大得像草垛
奶子鼓得像坟包
命运暗得像灰尘

老巢

很久没抒情了，请允许我借秋天的一角喘口气

快要憋死了，像在水底下挣命
像被活埋，黄土已到胸口

而梦里我屡次从悬崖摔下半空中
惊醒。然后黑夜像一条湿毛巾
堵住我的嘴，我呼吸困难

这种感觉并不陌生。青春后期
我写下：假如我此刻死去

我活到今天是可耻的。天黑一次
我就多一条罪行。和夜晚一起
变坏的还有身体和记性

我甚至不能脱口喊出爱人的名字

冷冰
▓▓▓▓▓▓
不确定中的忧伤

爱，
我的那些捧于心的敏锐感受
羞涩地隐藏在生活的细碎之中
无声无息地繁衍生长
随时随处悄然张望
当我看见或感觉到它们
呼吸就变轻了
心柔软得像云一样

我所爱的，随处可见
我所见的，多有所爱

李拜天

通往灵隐的路上

通往灵隐的路上，没有曙光
只有曙光路。但我相信路边的植物丛中
一定藏着你的灵魂。借着这一望无际的绿色
你肯定注视着我的一举一动
我必须时刻保持虔诚，
才能让山河感动
日月倾心

可惜路途太近，我的灵魂不能出窍太久
但我相信，在浸润千年佛光的飞来峰
一定能找到那条通往你心灵的神秘小道
拽着这条柔软的绳子，一定可以
把大海重新拉回钱塘

李成恩
‖‖‖‖‖‖‖

林黛玉

如果你不孤独，世上就没有了孤独
如果你不好看，世上就只剩下了丑陋

咳血的专业户，半抬起身子
那身子是由身子骨组成，一小截就是一首诗

一小截胜过人家整个身子
一个人的命运只要轻轻一咳

轻轻一咳就足够了
足够让你心碎，让你徘徊到天亮

天亮了雪落大地
雪落在妹妹的肩胛骨上

粗糙的锄头也是罪过
压在妹妹的肩胛骨上

葬花的事业成就了美人
一滴泪珠照亮了尘世

李皓

早春，在镜子里看到野柳枝

白发三千丈，我只留一丈
春风十里，我振臂一呼
早春的镜子
像一截顽固不化的冰
我看见两条软骨头的野柳枝
左一枝，右一枝
向镜子探了探身子
八九的怨愁里就有了雁的影子
河床越来越大
简直就覆盖了整个天空
石头的心肠软了下来
二月的鱼
有了主心骨

李克利
‖‖‖‖‖‖

遗

都走远了，这密集的蝉鸣，盛大的葱茏
下过几场霜，冰雪也蠢蠢欲动
苹果树、山楂树、柿子树，枝头遗落的果子
等待腐烂或枯萎，期待把鸟腹当作最终归宿
泥土里遗落的花生、黄豆、红薯
会跟随雨水浮出地面，会被田鼠搬回洞府
果园空了，田野空了，只有散落的一座座坟茔
那些被埋在黑暗里的名字，在坚守

蛛网，冷灶，庭院里的水缸都长满了草
屋顶漏雨，淋湿旧怨，更淋湿新愁
烧掉母亲的遗物，没有遗言和悼词可供回忆
生死由命，却由不得自己
我是一个被母亲遗弃的孤儿
在空旷的风里，茫然而忧伤

李龙年

黑暗深处，一枚齿轮的另一种姿势

金属齿轮无法证明自身的身份
他深陷于宿命预定的程序不能自拔
他猜测　有一种事物之外的力量左右世界
当意识到这些　齿轮结束了冰河期的冷
视线之内　玻璃窗开始呼唤黄昏
空气的质感　显示出一种低调的不安
金属齿轮　折射冬雨内在的节奏
竟然源于自身生命孕育期的韵律
巨大的对立面逐渐得到解析
一朵花瓣以黑白线条得到呼应
一枚金属齿轮　内心滋生了某种欲望
它凭空想象并感觉到大海
它不曾意识到　火的方向与太阳的燃烧
有一种波动的曲线不可逾越
金属齿轮　试图从时光之秩中拆卸自己
但它无法寻觅到自身的替代者
它只能拆解自己热燥不安的灵魂
那炫目的钢蓝色　和它兑现的冰冷
金属齿轮　差一点使一部数控车床飞翔
或者　令严密啮咬的事物秩序
呈现巨大的真空　但它自己秘密熨平危机
不动声色　包括　它面部严肃的钢蓝
齿轮不曾起飞　齿轮已经历飞翔

李明亮

在车间里的一次诗朗诵

他们是打工者
他们站在成群结队的机器的缝隙里
站在冰冷的铁的怀抱里

机油味那么浓
浓过故乡的油菜花香

腐蚀的铁锈
沿着散落的词句
攀爬而上
握紧一只只并不苍老
却粗糙的手

他们朗诵着自己的诗
涨红着脸
他们眼里噙着的热泪
忍不住，落下来

李南
|||||||||||||

我还能活多久？

我还能活多久？
我问树阴下熟稔流星赶月的盲师
问白云观精通八卦的道长
我打问一棵橡树的年龄
一只野鸭的去向。

我还能写多久？
像米沃什先生、辛波斯卡女士
像沃尔科特还是 R.S.托马斯？
这些与词语作战的老家伙
思想里储满了金子。

我只是运走了古老时间中
沙沙作响的残渣。
啊，生命冒出的青烟——无形！
爱的立方根——无解！

李少君

西山如隐

寒冬如期而至，风霜沾染衣裳
清冷的疏影勾勒山之肃静轮廓
万物无所事事，也无所期盼

我亦如此，每日里宅在家中
饮茶读诗，也没别的消遣
看三两小雀在窗外枯枝上跳跃
但我啊，从来就安于现状
也从不担心被世间忽略存在感

偶尔，我也暗藏一丁点小秘密
比如，若可选择，我愿意成为西山
这个北京冬天里最清静无为的隐修士
端坐一方，静候每一位前来探访的友人
让他们感到冒着风寒专程赶来是值得的

李树侠

秋天的一封信

风不吹　林间的皱褶起伏
草色之下　遍地是不可辨认的香气和姓名
一封信穷其一生
无非就是从葱绿到金黄

没有来得及告诉你
它有松针下坠的速度
词句尚无器物可盛
仅铺一张莲叶迎接刺痛
这山里的黄昏
容不下金质的流水
潺潺之音，一直淌过你
像空而无当的邮筒

我该告诉你什么呢
这如此寂静的人间
过往的蝶，请不要说出月光和蜜糖
等邮差清点完投递的部分
你就轻轻飞过

李天靖

||||||||||

戏问诗人非马

你为啥叫非马
"白马非马

公孙龙说，白马不是马
所以叫非马"

你曾写诗说"让鸟飞走，
把自由还给鸟笼

还给天空"

白马从一般的马中赎身
放自己一马

成为一匹特立
独行的马

"所以，我写诗仍坚持——
此马非彼马"

白马黑马黄马，五花马
"非马非非马"

李庭武

晾
晒

惴惴不安，来自于头顶之上
一双大而有力的鹰爪
一片阴影忽的一闪，我必须攥紧内心

依次卸下钢制的矛，钙质的盾
把火焰锁进骨头，把流水引入深渠

你抚摸我，就像抚摸一只猫咪，一只阳光下
打盹的猫咪
别用老鼠的胡须勾引我欲望的鱼
也别用蝴蝶的翅膀，扇动沉寂多时的火

现在我可以晾晒柔软，温顺
一如摊开纯白的胸腹
你还会说我是一只刺猬么

我已从伶牙进化出俐齿，再到语言
从如漆的深渊里，净化出湖泊的淡蓝
对于凌空而下的鹰爪，我反而觉得
适合挠一挠瘙痒的皮肤

就这样平静躺着，所谓的阴影
只不过是一片若有若无的云彩

李王强
||||||||||

烈焰中的草木

河畔有荒草，以单薄的肉身
喂养熊熊的烈焰

烈焰中，有奔腾而出的烟霭
升起草木最洁净的灵魂

若飞若奔，如骐骥千里驰骋
幻化成挂在天堂的云朵

藏着河的倒影、人间的热泪
随时准备落下来——

李浔

||||||||

惊蛰

这涌动的春水，随手可摸的浮脉
脉象紊乱。那些年，春水一直在床沿上
在私奔的路上，也会像白绫挂在树上
每当我想起这些，春水不回头了
我也洗不尽它的倒影。现在
我只做一株水柳，你所看到的是
风摸过我新芽时，摇晃的样子
鸟在我株头傲慢地叫着，还有月亮挂在树顶
引来只说情话的人，面对这一切
我没话可说。这是你知道的
我就是那个经过多次惊蛰的人

李郁葱
||||||||||

海之谣曲

总有人歌唱大海，总有人厌倦大海
也总有人赞美大海，总有人
误解大海。海就在这里，日夜翻滚
无边无际，像我曾经梦见的最深的梦
从遥远的欧洲带回那孤独的眼睛
那蓝色也许使我疲倦，束之高阁？
如果我们在地图上找到那秘密的通道
一个被丝绸所编织的柔软的梦
在大海和沙漠相似的脾气里，有些人
选择这琥珀，把一生凝结为海市蜃楼
这是我们所遇见的最古老的种族
但我们看到它的年轻，淘汰、净化
像是我们的客厅，对每一个闯入者彬彬有礼
而我们渐渐的傲慢，似乎为它
拴上了链子，我们忘记了它野性的血液
在它醒来的时候：大海跪下，
这个世界的泪滴，带给我们礼物
从一只牡蛎饱满的汁液里
我们啜饮到月亮古老的苦涩，总有人
热爱大海，总有人远离，有人投入……

李玥

风吹故乡

说到故乡，总会想起一些
多风、又多情的名词————
大青山、安邦河、榛子树、葱郁巍峨的东岭

你看，宽广无垠的风里，红色的杜鹃花
已经凋谢，被埋进冬日茫茫的雪原

风，不应在无意中带走
属于故乡的一切——那些微小，
并且忧伤的事物
比如屋顶上的茅草
比如黄昏里若隐若现的炊烟

在风里，爷爷烟斗中的火苗忽明忽暗
他污黑的面孔，以及身后堆积的煤山，
正被一条条弯曲的脊背
缓缓驮远
只剩下坍塌的坑道、几截朽木，和岭间垒起的
一座新坟

而那些奔跑着的少年，如同一些干燥的草籽
他们曾狂野和坚韧地生长在故乡的田野里
最终，在枯涩的枝条下面困顿
然后于一阵风过后，四散奔逃

今夜，我站在大洋的另一端
遥望故乡的山河
我的身体，仿佛还残留着故乡
泥土与河流的味道

而故乡的风，此刻变得渺茫而轻柔，已吹不起
一粒尘土
却在突然间，迷住我的眼睛
让我止不住泪盈满眶

李云

一滴雨突然而至让我惊悸

猝不及防
万里无云时
一滴雨突然而至让我惊悸
这是包含怎样内涵的雨
选择我的多皱的额坡坠落
是祸水还是甘露
它为何咬定我

对于一场雨我能沐浴其中
很安宁自得
对于一滴雨我是不会答题的考生
面对空空如也的考卷
我茫然无措
我喜欢在整个雨季里行走
却怕一滴雨的到来
这是怎样的悖论
思忖很久
怕一滴雨的背后是否是怕将坠的陨石
再次认定我

一滴雨找到我是一种预警
还是，一个阴谋

我抬头望苍穹
我看见
偶然正在痛苦地卵生着必然

梁潇霏

朝日殿夜雨

在一盏台灯下，我读沃尔科特的
七十七岁。窗外下着雨
笼罩在蓝色铁皮屋顶上的
一个声音的世界，音频时大时小
公路上汽车驶过
旷野，一座金代考古基地
我们在雨夜度过今天的最后时光
距今八百年的朝日殿遗址
于百米之外的南端，再次在回填后沉睡
那个雅歌儒服的少年，后成暴虐君王
他曾朝拜太阳的地方
几日前已播种了玉米
我们每个人都会老
"人人皆知它迟早会发生"
但种子正在地下萌发

梁晓明

荡荡荡荡我躺在蓝天大床上

一

拍拍城市的脸，点亮进攻的灯
看历史在墙壁上渐渐枯黄，我每次吃饭
都嚼着悲哀

闲暇把脚掌插在云彩与云彩中间，听
阳光水波耳边唱歌，看鸟翅膀
拍打姑娘翅膀

孤独生长大麦，光荣一撮茅草

今天岁月我曾经说笑，以后流水依然
说笑，夕阳傍晚被风吹掉，
清晨又被风吹成朝阳

二

我和寂寞各自搬家，手扶一根孤独的甘蔗，
痛苦是一只月亮的手，淡淡从西方掠到东方
眼泪飞洒为南极没有一张我的风光。

愤怒为遐想打不开锁，菊花白白开放
我思想，我脸上的春天也落叶纷纷

跑到我前面的陶罐或者金钟大吕
或者羽扇纶巾或者翩翩拂尘

每天我在车兜上装着它们
我睡觉棉被下盖着它们

如果太平洋对岸有金属脸庞飞跃上天，
我这里左手腕也隐隐作痛

乌鸦城市垃圾嘴巴天空跌跌撞撞我
撩开衣襟让我的音乐
出外逃窜四散飘飞
这一刻，
大门打开我小门也不关，云、雾、雷、电、
风、霜、雨、雪、雹降日、月都从我后背
穿透到胸前
荡荡荡荡我躺在蓝天大床上

梁振林

霾还没散去

昨夜，一场大戏
熟悉的戏文。临近尾声
观众有些散乱。老二胡在弦上
颤得厉害

闭上眼睛，我这么多年
跟颤音如出一辙

几只麻雀在看不见的树梢
琢晌午断续的声音

林莽
||||||||||||

暖风唤醒了一只柔情的手

对大海的感情不是来自哪一个时辰
凡是你生命中有的我都具备
可是已经过了这么多年
那飞翔的鸥鸟的磷火
在划动海水的一刻在我身边飞溅
那些死亡的生命并没有被时间遗忘
而你却来得那么迟缓
在风中、雨中，
一个即将晴朗的飘逝大雾的黎明
那是一些寂静的日子
凌晨的暖风唤醒了一只柔情的手
那一瞬间我同时听到了几种不同的涛声

林隐君
||||||||||

比喻

我喜欢把头颅比作太阳，月亮为心
星辰为毛孔，群峰为胸壑，注满汪洋
山林为皮囊视季节而定
可以为青黛，为素缟，亦可以为滚滚红尘

云雾为裳，大地为蒲团
跌坐，可佛，可道，亦可儒
甘露为茶，天籁来煮，江湖为酒，五谷来酿
可慢品，慢熏，慢慢地老

它留给人们的印象应是：虚空、阔大
表象即内质。不养小鬼，亦不藏狐仙
容得了风叮、雨咬，装得下冷暖、悲欢
包括五千年来的线装书，百万年后
人类未来的宿命和去留

林忠成

别惊醒了白骨

喜马拉雅让一支台灯下的笔变得辽阔
千百年来的积雪让这个人小心翼翼躺下
不要惊醒了雪下深深的白骨
不管是牦牛骨还是羚羊骨
或者人骨

它们已过上平静的生活
在下面悠闲地织毛线
在月明之夜独喝闷酒

不要惊醒了路边的小石头
它关掉了全部门窗
替村子里的人守候宿命

不要对一盏微弱的煤油灯大喊大叫
它是个苦命女子
是为了衬托喜马拉雅的强悍与不可一世
而投生在这个小村子的

林子懿
||||||||

大雪

将入暮，
在公路上看见天空站在远处发白
脚步停住。
左边的加油站里车声已经散尽
容器空了，
一场形而下的大雪将要填满
这值得怀疑，
像在关灯之前怀疑一天的说法
与经历，
像在阐释之上阐释
而阐释也是旧的，
无法接受白色砂砾
这样荒凉的喻体。
它趁着黑夜
大象从西域踱来，
因分散而渐渐无边
趁着比脚步还要凝重的黑暗，
这份空虚
钻入我的脖子、胃，与脚趾

林杰荣

挖牡蛎的女人

在我们村，挖牡蛎的多是女人
男人需要扛着更大的铁锹
去撬开大海的嘴和风浪之下的宁静

海滩边上的乱石堆
周而复始地被苦涩的咸浸泡
女人从石头上撬下牡蛎
从坚硬而咸涩的生活中撬下一部分柔软

她们都握一把长短适中的小铲子
就像那么多年生活中握紧的一把尺
在涨潮与退潮之间拿捏平衡
半辈子的目光和力气
尽可能都汇聚在越来越小的地方

刘川
‖‖‖‖‖‖

错过的伤感

一列火车
我没挤上去
它就开走了
整整一火车的人
我全都错过
这些人啊
一个我也没见着、也不会再见到
我忽然忧伤起来，喃喃自语——
这列火车啊
真像几千只去打胎的子宫一样
这些人啊，真像
从未出生过一样

刘春

王府井大街上的麻雀

整整一个下午
我都在向它行注目礼
你看这里人来人往
个个都阳光灿烂
有几个还衣冠楚楚
露出高人一等的得意
但这与它无关
它在天上飘
观察着人世
又与人世保持距离
我还注意到它的鸣叫
与周围的环境不大和谐
最终它被人驱赶
仓促逃离

多年来
我从未过关注它和它的同类
被驱逐，被抓捕
被冠冕堂皇地划为害虫
却仍然向往天空
从未停止发出
叽叽喳喳的声音
而我习惯了弯腰
点头，礼貌地表示同意
写过很多歌颂自然的诗
却对它们的命运
沉默不语

现在，它又飞了回来
在树枝上跳动
谨慎地观察着地面
冬日的王府井因此产生了
残酷的诗意
而我幸福地捂住胸口——
一只麻雀
在里面跃跃欲试

起伦

写一首听雪的诗

"银蚕蠕桑的声音……
加厚了坟山的寂静。让地下的父母
拥有一个更加温暖宁馨的梦。"
这是二十几年前，我对故乡一场雪的描述
后来，年复一年暖冬，一场又一场雪的
缺席，让我养成夏虫的思维方式
也习惯了把他乡当故乡
昨夜，有诗客骚柔地在文字里下了一场雪
让我没来由想起流浪经年的兄弟
或另一个自己。扪心自问
该不该为一场不可预期的相见
准备好仪式。譬如提前返回故乡
打扫干净庭院，在大门外挂上一盏马灯
在老屋里燃旺一炉炭火
烹一壶好茶，然后一起听雪……
听到风叩打玻璃窗，我一下弹起来
开窗，看见夜幕下细碎一地的失望
再关好窗户，好不容易让自己平静下来
又听到有人在风中哭泣
哭自己越来越模糊不清的身世

刘盛云

蚕豆忆

那年黄昏，德山老爹要利用晚风
将拢堆的青蚕豆一杴一杴扬净
余晖斜照的碾场上
他咬紧的叶子烟，已熄灭了火星

蚕豆高高抛起，然后直砸地面
弹跳，翻滚，四下里散开
或钻入麦秸垛里，或藏进
我故意打开又夹紧的脚丫子间

我的裤兜越来越鼓
德山老爹却似乎毫无察觉，只往手心
轻啐一口，继续劳作。他的脸
像豆麦收尽的田野，空旷而宁静

孤老德山，在暮色四合、我转身回家之际
又扬起一杴：分离的茬子与尘灰
有的落在他肩膀，有的
飘向越来越暗的虚空

流泉
║║║║║║║║

白蛇弄

小儿科的五月，长满了向日葵
白蛇弄的六月
木槿不开
那个叫吴分分的老太太，斜倚木门上
老式门环，蛰伏雕花时光

泥墙斑驳，透露旧年代的气息
有一个人，比起五月的小儿科，
走失的身影
像窗台下带露的绣球花

白素贞故事
应该不比白蛇弄长
南宋深锁在弄巷的狭长里，吴分分肯定不是
我要遇见的
那个人，但她的慈祥中
有一分哀怨

柳苏

一垛谷草的背后

一垛谷草，堆在那里有些年头了
连堆垛的人，也忘记了它

每次路过，有意无意朝草垛望一眼
既然被大家遗忘，我也心怀冷淡

一场场雨，浇洗，一场场雪，覆盖
草垛从不言语。也许，缄默与失去价值关联

"表面苍凉的事物，内心不失生命的节奏"
一句话，触动。我急于尘埃中找到分量

打开一场隐秘，就在多走几步。看到无法触摸的
场景：五个毛茸茸的还不会完全行走的小狗

谷草早已干枯，依然遮风挡雨
深处黯黑，不乏温暖。洞口光线充足

龙小龙

天色这么晚

花瓣将嘴唇咬出血痕，她的私隐
不愿说出。虫声里抑制不住探询的焦灼
慌乱中在藤蔓上绊倒
轻疼碎了一地，泛起秋夜的忧郁

眼看路灯就要燃尽
白天存下来的热量即将被风掏空了
细微的呼吸在叶片上游离
菊花留守在枝头，捧着最后的一抹清香

黄昏去得越远，黎明便离得越近
还是再等一等吧
说好的，你一定要等到一群流星出现
才肯放开攥紧一纸回忆的手

卢辉

蒲花三千

春天，一头白发
我不嫌它老
好多时候，风只是轻轻一吹
白头发就飘起来
那些飘浮物
你根本不用捡
捡也捡不完，在山上，在树梢
衣领之处，散散点点，像一群小孩围拢过来

春天的白发
到处都是，不用满世界找
你可以拔掉自己的一根，或一次误入，顺着
发梢
眼睛闭上
轻轻一吹
蒲花三千

鲁橹

喊了自己一声

会突然地尖着喉咙喊自己一声
使劲滚动着眼珠.视线从虚空中回来

下意识地伸出右手,
数来数去的五根指头
柔软的, 不承担任何责任的今夜
放松它们,
让它们自然地去找到我的左手
都在。居然会有如此整齐的聚会
不带一点任务的舞蹈, 握成拳头
拉动空气中细小的水流

我只是喊了自己一声, 并不知道
接下来还会做出什么

鲁绪刚

落叶如秋

苍老的身影挤在路上，只有灵魂
无处安放，时间之手如此残忍

几片守着天空的叶子，孤零零地
在空旷中摆动，像要在绝望之后
有一缕风可以牵着它的手，找到归途

捂着秋天的伤口，暮色加重了疼痛
岁月是留不住的客人，仿佛靠泥土养活的人
受到泥土伤害，依然相信命运

活着是森林，是可以涂抹世界的釉彩
一片一片，呼吸通透，梦境无边
倒下，也是一把土，一次涅磐

深情的叶子，不愿离开我们独自快乐
落下来，也要抬高站立的高度
只有无所适从的枝杆，替人类承担孤独

吕达

黑暗奏鸣曲

爱过并祈祷过后
我静静躺下
与你面对面
练习一下
这首曲子的副歌部分

太阳不在身外燃烧了
那些我们不曾踏足的山峦
此刻从无中生出
就像喜马拉雅突然刺穿地表
让人不知所措

好了，现在该闭上眼睛
避开那个人
好让我静静面对你的回音
——来自岁月深处的黑暗
不断提醒着我"明天我会让你看见山"
更接近于一句失语的许诺

吕煊

葳蕤

兰花破芽，春天的乳房遇风就鼓胀，
去年的花事，
沉淀在熟悉的暗香里。
影子深长，套上只留虚空仍在回望，
有些爱在相处中渐渐磨灭。

爱不言弃，我依然选择热爱世间的女子，
反复付出的春风又恰到好处的回收，
那些戏剧性的场景，总让我沉沦，
打磨细节从骨头里拔出坚硬的真理，
人间的美好都必须经历一些风雨。

我无所谓，深入骨髓的诗歌，
带领词语从肉体的内部穿刺而出，
背叛的流言，早已被我拔根。
他们找到的证据，其实都是我剔除的部分。
学习像一株兰花，不求葳蕤，但心存敬畏。

绿音

看郁金香开花

第一天：一朵，是初恋的惊喜
第二天：三朵，是它在说"我爱你"
第三天：八朵，"我爱你我爱你我爱"
第四天：十二朵，红，金黄，粉红，淡黄
第五天十四朵
第六第七天还是十四朵
第八天降温，花全合上了
雨从第九天开始
第十天我仍隔着雨帘看花
紧闭的花，沉默的唇
雨珠凝聚着
整个世界的晶莹
第十一天它们又悠然开放
但有些
如破损的公主盛装
第十二天早晨
我看到一只
不再醒来的黄蜂
在一朵淡黄的花瓣里
它没有在花合上之前
逃出来

马端刚

江南夜雨

夜有雨，需要宽阔
树木，短发和红鞋
听歌在空山，空腹，空房子荡漾
一条条无形的绳子
系紧了落花流水
需要花园，养育比喻和排比
需要流水，倾听喘息与涌动
穿过梦里的雾
风在树梢徘徊
应在南方小镇，也有雨
有伞独舞，有深巷
有影子和情话
有清茶，废园，樱花
有故人来，漫步灯火下
有颓唐，叹息，三言两语成诗句
深情的往事，肃穆了流年
花雕二斤，小菜一碟
将琵琶煮沸，蝴蝶飞舞落下
有女儿成双，玉兰静美洁白
夜色轻柔，两千亩莲花植入白发
遍寻船家不见，小桥恍惚
一时无语，勾勒你的模样
浮云炊烟升起，唯有泪水与之匹配
此时无声别离，与你化作晨起雾
有路南与北，有绿枝新芽
古亭里空荡，只塞下一人的呼吸

马启代

有些事只可静观

——有些事只可静观。像我，在天空的注视下
独自灌水，育浆，抽穗，凭借天然
雨水恰如其分，绿得率真

对于飞翔了无奢望。平步青云的往往无关翅膀
心无栅栏，目及处便都是高度
明暗自有天定，风来去自由

——我不能不保留一滴泪的热度，和它的辽阔
偶尔会在梦中见你。此时不适宜大喊
对你的爱，已成为我永远的乡愁

毛子

宇宙流

一根钢管的性取向，不取决于钢管。
一条小溪松开它的偏执症，就变成白云。
而一条马路知道自己是马路，多么可怕。
人机大战，阿尔法赢了。

昨天走在云集大街上，恍惚中
我和猛犸象、剑齿虎、恐龙、
三叶虫和蓝齿鲸迎面相逢。
它们大摇大摆。
带着侏罗纪的丛林和白垩纪的海洋
径直走向川流不息的车辆。
奇妙的是，我们不发生，不交集，不妨碍。
它们穿过水泥，钢铁和玻璃幕墙
不留一丝缝隙。

多样性的时空啊，它真的不可言说。
该是放弃智慧的时候了
因为这宇宙运行着的天文
它涵括着所有的可能性……

缪佳祎

‖‖‖‖‖‖‖‖

日
出

鸥鸟惊起，滑翔于芦苇丛
它们比我更敏感地捕捉到日光的气息
雀跃、激动，相机也在颤抖
人群骚动中，我不由自主地后退
伸出手掌，窥视指缝里漏出的光线
把满湖潋滟移交给那些更痴情的镜头

如果他们也曾聆听海上梵音
在喷薄的日出里，忘却俗世的不圆满
是否还会如此执着于眼前的这片霞彩
如同一千个人，有一千张欲望的面孔
有些心事，适合装在漂流瓶里
永远不到达彼岸

湖水之上，流沙之下
思念的白鸟掠过荒凉的戈壁
在黑水河的绿洲中
繁衍生息，而我打马还乡
从此两两相望

莫卧儿

南方之忆

一日火锅。一日夕阳。一日生死。
这庸常的俗世生活
类似包藏祸心的节日元宵
不咬下去永远不知道里面装着什么

醒来。片片翠玉并不在意阳光示好
旁逸斜出，姿态各异，一派当代艺术声色
四周蚊蝇低吼如潮
更多的声响淹没在巨大的寂静中

午后空气败给热辣，贴近地面的浮尘
跃跃欲试。身体缓慢上升的时候
你看见密密麻麻的人在大地上奔走如蝼蚁
一朵鲜花发出惊叫，魂魄落回地面

多年了，辨识星座早已不是你和夜晚的约定
夜凉如水时仍可听到碎钻入银碗的清音
银河奔流去，少年入梦来。羞愧之心
总在始料未及之际降临——
"我们一定犯了一种带诅咒的罪，
我们已经丧失了全部的宇宙之诗。"

木朵

雅鲁藏布江的春天

雨水来临之前。春天越往深处走
雅鲁藏布江的水位越低

她裸露着大片母体，像极了
哺乳期的母亲
春风一再掀开她的衣衫
裸露得越多
她所经过的两岸越绿

我在岸边的某一处，忍不住
每天看望她，并打探
雨季的消息

▊▊▊▊▊▊▊

凤凰桥

风拍河水，他总是能够最先
接近温暖的炊烟，和春天的灯火
不似彳亍而行的人，无端爱上
空心雨巷，与晚暮苍然的颜色

"若没有你的鸟鸣啾啾，渊薮重回，
两岸的旧时光，会为谁而破碎？"
一株水草身上，长满寂静的绿
一只乌篷船外的清影，虚构已久

由谷熟集到平台镇，大运河的
钟声，仍然在千年的波涛里沉睡
就像这座桥，横跨了他的春天南北
随手摁住，漫长冬日下的流水

慕白

飞云渡

一轮巨大的夕阳，像丧钟
悬挂在天边，
飞云江，
水声激激
水流辗转反侧，
在飞云，我的父亲死了
我的母亲住在医院，
飞云渡呀飞云渡
牛羊，炊烟，村庄，岁月和爱
多少美好的事物无法摆渡
一首宿命的哀歌，
飞云渡，
飞云渡

聂沛

大海落日

在海边喝了很多酒，看落日
像一只红蟹摆在天地之间
波浪不断涌进我们的杯盏
重口味，咸，大海从未改变

最生动的花，永远是浪花
你的采撷只能是竹篮打水
如果爱情里没有一个爱人
我只能爱上两行沙滩上的脚印

只能。别无选择。与诗歌
背道而驰。诸神被放逐时
正是一个漫游者归来之日
他带来了世代孤独的宿命

拱形的乌云；斜刺的光芒
一如人生的幻象。我曾经
无限接近过那种真理般的启示
可它又在一瞬间大雨倾盆

一只落汤鸡把剩下的路走完
闪电的锁链，他视而不见
大海啊，我如此珍藏每一滴泪
我一直在无用地想念这个世界

127

宁廷达

十年

少年时　我拔掉乳牙
着手应对各种坚硬

青年时　我拔掉舌头
谎言不再随便说出

如今已近中年　我想我该折断双腿
上帝不允许我走路
只允许我飞翔

哦　再过十年
还会发生什么
身体会不会燃烧
歌声能否唤醒拐杖

再十年
慷慨赴死之人　还有没有勇气
昂着头　在东方的天空写下
预言之诗

潘红莉

玛格丽特的天鹅

我无法完成，湖水悠长的微波
清丽的天鹅，引颈，云低垂
远处的晚霞在湖的暗处归为背景
时间的城池，云霞的哀伤

风吹动湖面，波光的赞美
一滴水的奢华，和沉默的言辞
现在，天地辽阔，江河日月
天鹅的骊歌，像日出的圣洁

水的八月，香柏依次排列
疏离湖水，岸的林带深邃
玛格丽特的天鹅，高贵的远
穿透乌云，斜雨，雾霭的岚山。

潘洗尘

去年的窗前

逆光中的稻穗 她们
弯腰的姿态提醒我
此情此景不是往日重现
我 还一直坐在
去年的窗前

坐在去年的窗前 看过往的车辆
行驶在今年的秋天
我伸出一只手去 想摸一摸
被虚度的光阴
这时 电话响起
我的手 并没有触到时间
只是从去年伸过来
接了一个今年的电话

盘妙彬

这些年，一些事

去北京一个庙
快到了
夹道的银杏树在落叶，金灿灿的叶子铺天盖地
天色欲晚，道上少有行人
庙已闭门，一座不记得叫什么庙的庙

第二次看到银杏树
在广西灵川县海洋乡小桐木湾村
当时当地
一百万棵银杏树红于赤县
我看到其中一棵，孤单
站在清澈的小溪边看着三只白鹅从早上出现
到傍晚离去

时光过得快，银杏树有了金身
一个庙
不记得叫什么庙从北京去了别的地方
三朵白云偶尔也会
"鹅，鹅，鹅"地叫

庞白
‖‖‖‖‖‖‖

蝉鸣

窗外积蓄够昏暗后，哭声又响起
又长又白的草的窃窃私语，
针扎一样刺过来
我于是又开始做梦——
冰冷的鸟群
扇动巨大羽翼，在铅灰的天空下
更加缓慢。
它们像栖身于树上的远古人类
晃动的身体倾向树下的大火
应和着劈劈啪啪的燃烧

庞培
║║║║║║║║

来自叙利亚的画家

来自叙利亚的画家
来自灯光在黑暗中培植的耐心
来自洞窟石壁切凿的年代
来自许多精美风沙
来自终于挣脱了的人生
来自装回木箱的与真人等高的乱局
这名画家在风沙中
踉踉跄跄
陷入死一般的寂静。如我
透过旅行大巴车窗看见的
雅鲁藏布江河谷
正午。江水蜷曲、透明
如胎儿呱呱落地……
他将以四个中国汉字，以静寂的江面涟漪
形成秘密洞开时，他
目光的透澈
他面孔的氧化

庞清明
|||||||||

迎接

我要比黎明率先一步
在迷梦消退之前
海涛击打肩胛
师法笨鸟，我要趁早启程

我要向东方再近一尺
让我与光明更贴身
拿掉某处坎坷
合掌，闭目，祈祷从内室升起

我要开天窗，说亮话
埋葬既往之咎
邀约旷野流浪的工蜂
邀约风，共筑甜美的基业

将记忆折叠，此刻更为宽广
仿佛跨越的沟壑
每次刷新，必将点燃创造的灵感
矮个儿的，请尽量踮起脚尖——

彭生茂

中秋夜，拾荒者流落街头

他肩上的口袋被一轮月亮压沉
一轮午夜的月，这乡愁的镜子
在城市的一角将一颗流落的灵魂照亮
它屏住了呼吸

这静，这秋夜的冷，宛若拾荒者的伤口
沿着乡愁的方向滋长
一只破损的口袋在背部喘息
它的前世是千里之外的一只月亮

原谅我不能将你留宿
原谅我不能将月光还原成河流
还原母亲的呼唤。一个游子
内心何其孤独，他的乡愁比长夜更长

所有的富贵都将在这一刻褪色
所有的不幸也将在此刻得到恩赐
中秋之夜，一个拾荒的人
他拾走人间所有悲苦

彭一田

热带水果

比如往树干上砍出伤口
一道伤口就会结一个菠萝蜜的大树
果实大于冬瓜，比我妈无畏
高过人类的香蕉树，养熟香蕉串
自己就凋落，站着死去
新芽在老树的根须上再次生长
高过她母亲；菠萝是攥紧拳头的糖
结过两茬后也会摆手退却
把空旷让给后代，或者别人
在它们面前，我每每羞愧得低下头来
此时，落叶聚拢过来
风从云中下来，刮过脸颊
和山坡，半晌无语

蒲素平

磨刀人

磨刀人的手指越来薄，汗珠子是凉的
啪啪地掉在白纸上
白纸一边摇晃，一边被湿透

周遭空无一人，磨刀人终于停下来
把刀挂在空中
不知何时起风了，风把刀一点点吹弯
吹成弯月，滴着夜色，越来越浓

磨刀人已不见身影
天空空余一把弯刀

蒲永天

‖‖‖‖‖‖

河谷的黄昏

各种植物的气息浓烈地散布开来
诸多小飞虫狂舞着
鸟儿以飞翔，划乱天空的平静

树木首先引来的浅浅的暗黑
收敛叶子，纳入心间
逐渐把周围的事物，划入自己的领地

起起落落的鸟儿，企图制造一种叛乱
挣脱树的束缚，又跌入另一棵树的泥沼
溅起的声音，清脆，然后消失

大地上，一片哑巴
赶着羊群回来的老人，他逐渐和羊群
融在一起。夜色的腥气，四处弥漫

秋若尘

每一条河流，都有合理的流向

我为什么要羞于承认这一切
当松针在晚风中轻颤
星光遮蔽了河流
那不可名状之物，就扑簌簌落了下来

我为什么要否认这一切
我活着的证据
我衰老的证据
我在夜里轻声走动，钉钉子，
窃窃私语的证据

早于你们之前，我已被泥土指认过，
被河流指认过，被飞鸟和
腐败的枯枝指认过
至于你们说到的秋天
我也正在经历

你们爱过的，我都爱过
你们经历的危险和不确定性，我也在一一验证

泉子
|||||||||

闪电的标枪

"奔向 2000 年，全面实现四个现代化。"
1980 年，在村中那间低矮破败的教学楼里，
我用最初学会的汉字
铿锵有力地读出了课本上的句子。
那时，2000 年遥远得
仿佛永远不会抵达。
但眨眼之间，
2000 年已成为逝去青春的
那永不再重现的顶点。
而 2007 年 3 月 11 日清晨
同样是不期而至的。
我们的相遇几乎猝不及防，
你提前了一个半月来到人世。
当我小心翼翼地捧起你小小的身体，
而我们目光相触的刹那，
我便永远记住了
那道从这个清晨的蔚蓝中浮出的闪电。
而我对十年后的我们的想象与眺望
同样仿佛遥不可及，
（十年后，你已是少女，
我应是一个标准的中年人了。）
而此刻，
少女已然和这个中年人站在这里，
就在刚才，我们一起唱完一首生日快乐歌，
你吹灭了蛋糕上十支燃烧着的小蜡烛。
在蜡烛熄灭而灯光再一次亮起的刹那，
我再一次看见了
你从十年前的那个清晨
向我投来的漫不经心的一瞥——
一支如此轻盈的闪电的标枪，
那么准确无误的一掷。

荣荣

代拟诗信

阿某：没有你的日子时光常常断流
我一次次起身　看到夜晚这只太老的猫
蹲在浓黑里　我害怕与它对峙
如同你那年的逃离
有些事我不想继续了　它们不再是必需的
比如维持好名声或好身体
它们曾是攀附你的闪电　而爱情雷声在外
比如与你重逢　幕布再次掀开
看芥蒂和伤害的暗器又一次摸向胸口

阿某：其实托人写信是多余的
你疏离已久　地址不详
像好消息走失于人群
我费劲地描画你几近消蚀的脸庞
半夜醒来　疑惑是停不下的钟摆
这世间是否真有过一个你？
最后那次相见也历历在目
一个章回小说里的情节：
一个不正经的帝王与失宠的侍女
你过大的雄心　我过度的卑微
时间的剑刃带着尖锐的呼啸

阿某：我知道我早被彻底丢弃
我知道我也该丢弃你
所有有关你的回忆全是致幻物

你给过的烂漫和明亮也只是
向命运高利借贷的油彩　由我独自偿还
一块板结的泥土起身行走
是为了赶一场透雨
而我仍停留在你预设的路线上
眼下的你　多么适合抱怨
但你生来并非为我
你深入我的身体里　也只是一把意外的刀子
现在　我疯狂地安静着　仿佛垂死之物
仿佛命运眼皮底下　一件被退回的廉价赠品

萨尔图的月亮

薄暮时分，你竟然找到了它
它漫过周身的清辉
和接踵而来的捕光者的灵魂
那些美好的想象，不歇的抒情

其实，你早已放下了虚妄
尽管，你手中没有可以播放的种子
可是，你遇到了萨尔图秋天的月亮
遇到了它的安详，着锦缎的面庞
静谧之中的意念，它们是否还在路上

城里的那个人好像多年没有见到月光了
你在读一首诗的时候
你在对影成三人的时候，在拒绝遗忘的时候
萨尔图 的月亮已悄悄爬上了中年的额头

桑眉
||||||||||

孤寂像什么？

像从不认识世上的人
像从不曾与你抱拥、哭泣
像被套填满棉花
棉花湿透
像琴键排满身体
手指缺席
像夜夜不熄的蜡烛
烛上剪不完的灯花

像流水送不走
歌唱不尽
像你用望向荒野的眼神
望向她……
像她告别时，风中挥不动的
黄手帕……

孤寂像一个影子
没有长嘴唇
在冬天龀出尖牙
唉！孤寂是一个雪人就好了

沙漠

1975 年

那时，洞头的天空子弹乱飞
有一粒落在我的身后，
像一只被上帝击落的乌鸦

小伙伴们都在为我庆幸。
那时，我们都知道
子弹和死亡。但不知道
子弹在天空飞的时候，
有着怎样的死神的目光。

1975 年，带走很多东西。
唯独带走
一个俊朗的露天放映员，
让我唏嘘不已

他曾在我的村庄，放映过
《列宁在 1918》和《烈火中永生》

沈宏

雨中摘菜

微雨。但叶子已经油亮
我们在菜园子里采摘：
豆荚，茄子，辣椒，长豇豆……
它们躲在叶下避雨
当我撩开藤蔓找到它们
并与它们握手,它们好像有些羞涩
但我还是摘下了它们
因为我怕，已经长大的它们
很快会变黄变老，并且在雨后
将腐烂成
我忏悔的那部分

施施然
▎▎▎▎▎▎

浅草寺

冬天我来到浅草寺
白檐红廊，汉字巾幡
门外的银杏树上挂着唐朝的金子

我站在唐朝的建筑前
仿佛我的祖先立在他家门前
他没有死，在我的眼睛里活过来

我伸出现代的手臂
想抚摸这木头的墙壁
我看见祖先的虔诚和律令
看见祖先的乱发和歌哭

可是冬天的寒露渗出我的掌心
残缺的汉字从巾幡跳下来
我看见牌位后的佛佗一团和善
但他身着和服面目模糊

冬天我走过浅草寺
冬天我来到浅草寺过门而不入

十品
▮▮▮▮▮▮
端午若水

以水的名义 把诗人留住
以爱的名义 把端午留住
一腔热血的流淌 让滔滔汨罗江水
至今还滚着波浪 唱着挽歌

我一次次地打开《离骚》 又
一次次地合上《九歌》 我一次次地
接近鬼蜮 接近神灵的世界
又一次次地拒绝死神 渴望光明
我们陷入红尘太深太深 我们的宿命
太硬太硬没见到西去崦嵫的美人
只见到枝头鸣叫的鹧鸪 哀声凄凄
穿云裂雾 我们一次次地用诗人的泪眼
唤醒麻木的流水

不能站在高山上唱歌 那就
立在船头 看浪花和流水匆匆而过
看民心和民意变成图片 渐渐泛黄
一个明丽的早晨 一个五月的早晨
一个只装下诗歌的早晨 在我的手指间
流淌成水 流淌成千万条江河
进入民族的血管 与民族的心跳
一起搏动 与民族的生命一同存亡

天上人间 与水共享
诗魂不死 与水同殇

双木

春雨即景

雨线稠密，水声与光阴交替接力，
我们始终躲避不及连绵不断的垂帘。

我们鱼贯而出，在地铁口缩紧身体
连续撑开雨伞里的爆破音，
仿佛早晨的

人民已找到春日的入口。看新闻，
过天桥，
乘坐自动扶梯，
我们紧挨着倦怠的青年人，

并有序排列在巨幅广告牌下，
任凭时光
将我们输送到年龄的中心地带。

霜扣儿

水推千里岸，明月照双肩

礁石静谧。我以长路折射天光
开出白浪花

微风亦走亦停。海洋心很深
吹开细沙的那个人，以水声为幔布
仿若贝里珍珠

港口等远帆。倒影缠着岱山
水墨把半生寂寥泅进宽袍大袖，轻轻一拈
就到了彼岸

江南以水色打开仙人之身
引烟雨痴迷。心弦已至涨潮处
未能弹尽雾岚

有人深入，有人浅出。最后一句如此温柔
水推千里岸，明月照双肩

宋峻梁

手指明月

手指明月教你阅读
那是你一生第一次唤出月亮的音节
你的眸子与满月相遇
与我的手指望向同一个方向
你出生，我未老
你是我的孩子也是这个世界的
今夜明月巡视天下
仿佛君王俯视着赤子
所有尘埃已经落定
乌鹊息声
屏息听你唤出:月亮——
从此你有了故乡

苏建平

杜甫在769—770年，潭州

现在，他在一个码头安顿
体弱多病，却售卖囊中的药材
街巷深处的病人止住了咳嗽
想起善良的卖药人，咳嗽着
额上有一片光，感到世界美好
——这种安慰反而是诗人的梦

这种安慰反而是诗人的梦
太多的不安堆积在他心上
生活正在稀薄，米饭变成稀粥
人们的体重不断减轻
他的诗篇却在增加
最好一个字是一株灵验的药草

但他失眠，他看江边的夕阳
在下降的光中，看出浓重的黑暗
一根鞭子抽在他的脑叶上
他又顺流而下，携着沉默
像一个灵魂的考古家
在破碎里孤独地寻觅着完整

苏龙

脚手架上的女人

"拉,再拉,起——再左一点,好了"
她站在脚手架上向一位男工友大声喊话

"只要爬上脚手架,我常常会把这里当作我家
工友，砖头，水泥，钢筋，铁锹仿佛
就是我的男人，儿子，牛羊，蔬菜，
农具……"

"夜里，当我孤零零躺在工棚
那无边的黑,一群虫子，咬的我不能入睡"

当她说这些的时候，我感觉一群虫子
正在悄无声息地偷渡到我身上

这个叫孔改香的女人来自四川，今年 47
已经三年零九个月没回过一次家

苏美晴

对
白

这时全身袒露，一束秋英怀抱尘世
像整个秋天都是它的
只有博文湖的水又瘦了一圈
不改秋水伊人的歌吟，以沧桑为度

而我只凝视它细小的花脉
间隔出等距离的边距
我只注解一朵完整的秋英
轻轻移动一下细细的脖颈
像把什么掏出来

我不能预料的生与死
也许就在这个秋日渐凉的午夜
举着三尺的神明，用秋英褴褛的布衫
裹挟博文湖一滴水的天真

只有成熟逃逸，忘却的江湖
又有一场风雨
渐凉，转寒，像中年的对白

苏笑嫣

对生活的投诚

失去的记忆清除了大多的岁月
而时间依然走得飞快与记忆一同流亡
我困于城市森林同无数高楼里的门一起旋转
有人正代替我远走他方

我们已经长大顺应了时钟和平庸的安全
但还没有获得未来
四周围起的高墙时不时砌入身体
醉酒是时间颤抖在水平线之外

黎明一个荒凉的单行拐角
——醒来时我们已经站在现实的这一边
你无法成为一个游离而危险的人于是重复
你消耗着时间而时间也消耗着你

继续前行的路上黑夜里坍塌的高墙
又噼噼啪啪地重建一次
一只乌鸦不愿沉默尖叫高飞
将时间、空间和你一同遗弃

孙大顺

剑门关怀古

世间坚硬的物质，都松开了拳头
词语的骨头缝里，岩石在试探你
仿佛星星闪烁
蔚蓝的寂静给我的肩头，增添了新的重量
一颗露水，沿着流星坠落的方向
穿过一片摇曳的竹林
它要赶在天亮之前，让出松蓬的时光

苍茫是结实的，疼痛打了个来回
命运的刀斧，并不能抑制欲望与狼烟
风吹老光阴的补丁
吹不老落地的尘埃。剑门的耐心
浑厚而坚韧。它在等一个人
等一首绮丽恢弘的《蜀道难》
等历史的花名册里

智谋结霜，忠诚闪亮，誓言冒着热气
一切惦念与软肋都是原来的样子
诸葛亮、李白、姜维与万千平民将士
战鼓，射出的箭，下山的秋风，比黑夜更低
爱和潦草的尊严，在失真的高度绚烂无声
整个时空的不安
全部来自一只鹰的耳朵

展开的旗帜，失去皱褶。箭楼从未安分守己
垛口上灯火如豆。城墙原谅了觊觎之人
也顺从了为它受苦之人
有时，江山窄得如同鸟道，让道别不再从容
倒是山坡上的小麦和油菜，生机勃勃
迎风招展。那些无处不在，压着岩石的草木
才是这里真正的主人，大自然的王

孙海义

看湖光即景，想山海云间

让人敏感的湖光，是光阴的疼
演绎"灵与肉摆出来的道场"
阳光的枝条上生长那么多疼痛的小标点

一盆微观的山水激荡久远的回声
天赋的光华在消磨生命的远行
逶迤的浪花多像情愫在蔓延

往事的身体仿佛紧挨着我
如那"梅未绽，暗香来"
冬季的恣意在日子的光里流淌

大海秘而不宣的风永远是岛屿之灵
那在林间奔跑的光艳可餐的解语花
似一抹缤纷，化解愿望清单里的爱意

看湖光即景，想山海云间
光"所到之地，就是自由的领地"

谈雅丽
||||||||||

金黄狮子

有时观江上落日，满江波光
疑是龙鳞铺江——

有时在平原，一笔笔画一头金黄的狮子
巨大的穹顶敲响转瞬即逝的铜锣
有吼声，潜伏于四面八方

有时在高速路上，看到一座座山峦起伏
这红日时刻跟随，从东到西
直到星月出生，在蓝丝绒般的天幕闪烁

我们漫不经心说话
想过一生拥有执着之心
消逝不过是最普通的一次轮回

我们从一处生活赶往另一处
追逐那不可能拥有的永恒之物
我们曾望向对方，眼里盛满夕阳
想到落日如同深爱
有着短暂又令人心碎的
——金红

汤养宗

寻虎记

如果没有意外，我养在寺院里的猛虎
已经能诵经，抄卷，主持功课
可谁也没有认定这是觉察而非思辨
有一些腥味走动在月色里
还有一些吼声像失败的魔法，成为
无效的传奇，国家的词典
继续反对我写下这些含糊闪烁的镜像
可要申辩的是，每一个夜晚
都是古老的夜晚，微风的脚步声
也是来回走的，大殿里大香袅袅
偶有不合群的木鱼游离而去
铁塔有不安的心，藏经洞还有另一个出口
有人在寺院围墙外喝酒
皮肤慢慢长出了花纹，声音变尖利
他开始用反驳替代所坐的位置
忽地夺路而去，目击者仓皇作证
院内那棵菩提树突然着火
我寻常死死看守的语言深处，手脚大乱
在一块岩石上摸到了皮毛
又听见有人喊我师父，耸了耸斑斓的肩膀

田斌

割艾

娘去村后的坡地上割艾
连成一片的艾草
把娘隐没在夏天的浓密与茂盛里
隐没在清风拂动的碧波里
娘勾着腰，一手握镰
一手拢艾，把刀子伸进
艾草的根茎。一刀子下去
那种浓烈的气味
从割倒的艾草中弥漫出来
这股熟悉得有点刺鼻的味道
像情感的导火索，一下子
引爆了端午，灼烧了我

朗诵，或细雨中的草堂

才九月，秋风多少有点。但不大。
所以茅屋基本没有失之破歌
破歌的，是一帮长得像这像那的异邦客
和一些着旗袍、操古琴、犹抱琵琶半遮面的
丽女。这个下午，细雨一直都在：
不盈一寸，不亏一两
如一只骨瘦如己的蚂蚁
在爬行自己的阳寿；如漫天的蝗虫
狠狠歌唱着一蓬草堂的幸福。
这个下午，这个朗诵的下午
只要一朗诵成都，就会朗诵到你
朗诵到你，好雨就破季而来——
一千年了都这样。
细雨的朗诵润物无声
朗诵了一千年，也没有一句是沙哑的
更没有一丝，形同假声

涂国文

蝉
鸣

一只蝉以汹涌不绝的声浪，
制造自己的瀚海

被烈日煮沸的精魄出窍，化身为闪电
顶飞阈值、峰峦和流云，
在天空形成惊雷

在窗外，它蜕下沉重的琴箱和教义
以虚静之舟，向着秋天搬运死亡与骨头

它的木桨，划动绿叶、碎影和光阴
它以翅作帆，航行在动词的风暴里

它将自己的瀚海搬空
它唯一搬动不了的，
是瀚海之上的那轮明月

涂拥

||||||||||

解

牛

涂拥宰牛无数，看到的牛仍然很牛
牛头不去找马嘴，依然可以像座山
将他日子压驼
小学能背《庖丁解牛》，大学专业解剖
但一头牛的学问，现实无解太多
比如牛心牛肝，经常移位
牛皮那么厚，还是有人抢着吹
比如牛吃的是草，胃中积攒却是炸药
他还不知割下的牛鞭
应该插向何处
涂拥宰牛一生，做不到目无全牛
放眼世界，都在牛与不牛
他只能抱着牛角尖，独自打磨
像抱着自己或一件古董
涂拥就是我，我现在与大家一起
看他很牛逼，茫然四顾

玩偶
||||||||||

鸡鸣驿

鸡鸣一遍时，火漆填满梦呓
黏稠的夜里忌谈黑，
城府，
糊弄鬼的坏主意
包裹中的文书，乃是冰雪之体
需避光、收敛背景、养出几分不合时宜
鸡鸣二遍屋檐露出犬齿
薄风翻过高墙，土气满盈，空空如也
旧事尚未起头，
八百里快马就扑灭了残烛
烟顺着哪边飘？谁都看不见
被一个方向困住手脚，这拘谨，
足以让人失语
鸡鸣三遍天渐白，
驿卒已在路上
岭上百花开，流泉在，
鹤荡晨雾鸣虫唧唧
全是宽慰人的好词语，
腰间火印木牌却愈发晦暗
那残月，
像是忘了收监的囚徒

汪剑钊
▮▮▮▮▮

生活

一个人在家，并非必须咀嚼孤独这枚硬果。

语言可以照亮阴郁的内心，
让裸身的对话始终保持愉快的频率。

从书桌的起跑线跃出竹制台历的囚笼，
回到万花筒的童年，
走进恐龙翩翩起舞的白垩纪……

伟大的爱造就渺小的人类，
生命巴士欢快的嚎叫
发自卢布兑换美元残留的瘦褶角。

上弦月亲吻摩天楼的尖喙，
倾泻鱼鳞样的光芒，
为痴情的向日葵写下黑色箴言。

纯净水洒出，构成伪柔情的抛物线，
溺毙于自己的倒影，
而冰溜子绕檐泄露寒冷之秘密。

世界远离我们的想象，
死亡也不是时间的终点。

生活已经结束；而你，还得继续生活。

汪朝晖

历史

没有渡船的河水，
淤泥是一堆扔弃的烂衣
谁的，秋天无法说出
秋天高远吗，因为这种流水的匮乏

小径无法恢复的历史，
在失聪老人的手心
仅仅是一筐断枝
去煮一碗沉闷的粥饭，逼走寒气

石头人让我们膜拜已久，
闻到的花香沁人
这应当不是一次开花的结果
曾几何时越过院墙，
或者生死般穿墙而出

王爱红

不停地走动的秒针

不停地走动的秒针
像一匹负重的马
在夜来时候，我似乎觉着
它拖着这个黑夜的时针
仿佛有些吃力
踏踏踏踏的声音
宛如逗留在树梢上的风
一阵紧似一阵

分针像坦克那样向前推进
白天轰然来临
那匹黑色的马可能需要休息
万籁此俱寂
也许换了一匹马
一匹白色的马走得更快
但是，一点声息都没有

王妃
|||||||||||

情义之诗

我们有多久没有好好说一句话了

做饭的间隙，我拿着筷子
想插进自己的心里，再搅出蛋花

把小葱豆腐摆放在一起
就是一清二白吗？
得加入盐少许、香油几滴
等火候，等煎熬和翻滚
余味慢慢抵达欢爱的舌尖

我们有多久没有好好说一句话了
不说也罢，我的双唇早已长满野草

——这座废弃已久的房子
谢谢你能来。我们只享用好味道
我们不谈坍塌或维修的事

王晓波

点亮一盏明灯

总懵懂认为 爱情只是
占据和珍藏心灵一隅的情感
可至此 睁开双眼想的是你
合上双眼遐想的 还是你
爱情是一种牵挂和心疼
她驻足空气水中和字里行间
在思想和目光深处翱翔

终有一天 我们远离尘世
天空漫游的天使
能聆听到 读者朗诵
写给你的那一首首诗歌
百年之后 那些诗句还伴着体温
栖息着一段段无瑕的情感
我们与一首首诗歌相拥在一起
没有哪一种风霜
能够吹熄爱情这一盏灯火

王琪

翅膀

忘记闪电，夜色里的美
认准一个风向
山川展开的河流上
万朵云翳下
一双翅膀在向着天空
不断地飞——

它是透明的
毫无音调，也暂时放弃了大地
与栖居的山林
它抑或为了追寻流年里的余光
而保持着风一般的速度

它没有名字
把自己归还天空
我肯定，那一瞬
都将在看不见的远方
斜过天幕时
与我梦里的惊厥，从河畔
——飞快错过

王十二

磨刀石

磨刀石对世界的看法
有赖于一把刀斧的锋利程度
隔夜的雨水，有着瓦楞过滤后的
纯粹气息，泡沫津生
人间的力量，就在这一推一退中诞生
我看见那个低头磨刀的人
被一块石头，反复折磨着
他不停的在手指肚上
试探一把刀的耐心

王文海

夜宿山寺

将月色挤入角落中的那部分，叫水银
水银在成为梨花之前，蝴蝶已飞入了佛经
在露珠碰到钟声之后，影子刚好转身
从枝叶上翻开书卷，用虫吟掀起薄雾
寺院的天空，浅显的似乎能够探着来生

从根系爬上花瓣的那只虫，叫光阴
一切都来不及，因果在时针上寻找穴位
松林倾听着山泉还在晚课中咏诵心经
我凝视一株草，就如别人翻开了我的传记
其实，它承载的烟火比我的一生更加丰盛

王文军

九只天鹅

据说，来白石水库栖息的天鹅
至少有一万只
天空中，却只有九只在飞
这是不是有什么寓意

我仔细数了数，确实是九只
它们飞得很慢
像九朵慢慢飘动的云

天空赋予了它们话语权
九只天鹅一边飞一边说话
一直说个不停
是开会，还是发出惊叹

白石水库再辽阔
我用一只手就能遮住
可我遮不住
九只天鹅对春天的议论

绿水遮不住，青山也遮不住
九只天鹅在虚无中飞
春风悄悄给了一些助力
以便它们更加持久、从容
当它们渐渐飞远
天空出现了白云

王祥康

理发师早已作古

木头转椅 让人昏昏欲睡
理发师站着不动
剪子在他右手几个指头的运动中
声音有些杂 我看见
自己的头发一片一片地掉下
理发师问 世界上最大的人是谁？
我说是毛主席
他笑着说 是理发师傅
"要你头转过来你必须转 谁敢不听"
我心里一惊 有些害怕
那是 1976 年的某一天
高音喇叭突然响起了哀乐
他的手一阵颤动 卡住我的头发
像是脑袋落地或者开花
我涌出泪 12 岁的疼痛记忆犹新
这么几十年过来
我时不时摸着后脑勺
疼痛依然 理发师却早已作古

王孝稽

在横阳江，观赛龙舟

有人举起了白云，有人举起了森林
擂鼓，划桨，喧嚣中无端寂静
手握风云，什么是力量，齐刷刷
斜插向软弱的世界，水面无端开裂下去

尘世如水，划起船桨满江阳光
生命原动力，来自对抗，来自水的自由
水手交锋，谁会让出一条水路
脚踏乾坤，龙舟挺进
后面留下一片虚空的浪花

落水先生，像一把宽大的桨叶插入水中
裸露的身体，化作一个黑点
顶舟前行。我在软弱中祈祷
放下闪电与不幸。白茫茫一片
我不再纠缠于路径的修辞

有人举起了白云，有人举起了森林
在水的开裂处，我找到汗水淋漓的故乡

王志彦
‖‖‖‖‖‖

暮秋

好像穷人们离冬天更近一些！譬如
这个落叶还乡的季节，
向阳路低矮的
理发店、蔬菜铺，
阴暗潮湿的小旅馆
一夜之间就倒在马达的轰鸣声中，
裸露在外的
是蟑螂、蚁群和将要不知去向的瓦砾和惊恐
一位残存几分姿色的中年女人，
在小旅馆的废墟上
捡起一只水晶鞋，
看了几眼，
随后使劲
扔向另一堆废墟上，
仿佛内心的记忆里
那个跛足的包工头是自己抱过的一块石头
最终被狂风搬到了遥远的空谷，
她觉得
浑身发冷，
不远处的墙角，
一位拾荒老人
点燃了落叶，
却加快了她的颤栗

微雨含烟

|||||||||||

遥望

有人在星光下舞蹈，并爱着遥远的事物
因为距离，倍加折磨自己的耐心
也有人忘却了爱的本能
在暗下来的天空下
努力辨别院墙内的木槿花
托着脸庞的隐喻

老虎们收敛起猛烈的部分
倾听花束下的朗诵
在飞速离去的高铁列车中
一首歌唱到"在你我相遇的地方，依然
人来人往，依然有爱情在游荡"
一场大雨落在北方平原，没有准备的人
迅速成为被淋湿的部分

你要记得一场雨——
她像在提醒自己，又像是告诉
身体之外的那个人
但其实她一直沉默不语，连嘴唇都没有动一下。

翁美玲
||||||||||

在楠溪江

久居闹市的耳朵醒了，眼睛醒了
我听到玉石落地之响，环佩叮咚
一位女子从我眼际飘过：
她有青山的姿容，流水的柔波
轻轻挽住了石头群落

这来自天国的磬音，这旋转的美，
流波万倾。我伸出手臂，想触摸
雾霭骤然聚集，如同天罩
笼罩住，瞬息间错落的溢彩流光
在楠溪江，楠溪江——
我想视她为姐妹
面对她时却苍白无语

她是宇宙的女子
只在静穆中被爱，或爱
风水合奏的交响
是坚硬和柔软部分的碰撞
她和万物安静交谈的天语
她弹奏的心弦，敲响我的心音

乌有

虚构

在乌有的坟前，默坐
墓志铭空着，等待不期而至的灵感
铺 2076 年清明节的临海报于地
摆上几样你喜欢的点心
鸭掌，香螺，豆面碎，青团
一本泛黄卷边的诗集
分行的文字多像山中分岔的小径
我曾经想就此迷失，隐居
奈何红尘万丈，茫茫，而碌碌
酒必不可少，灵江山糟烧
喜欢那味蕾灼火的感觉
血压缓缓升高，我们开始饶舌
一直想听你聊聊
我未能洞悉的，2017 年之后
你不可知的后半生

吴常青

山中一日

在云水谣，适合当一个临时邮差
打开土楼空空，写信的人都在他乡
邮箱已生锈，收信人越来越老
卖邮票的阿嬷把红灯笼挂在檐下

欠资邮件必须退回，一整夜的雨在数羊
天亮了羊群满山，蓝信封一叠
在榕树下，小桥流水写信
撕掉又重新写，一叠又一叠

一整日就这样过去了
山中一日，从前的电影散场了
只有我知道，风也是捎信人
在云水谣，我们故意迷途，不知返

吴开展

||||||||||

荣耀的中央

我想，草木永恒是向上生长的
世界终究是干净的
历史终究是澈明的
这样想时，我总时不时拉自己一把

见过太多的妄自尊大在无界的膨胀中
消亡。太多的智者陷入心中的杂草
和虚无，不可自拔
也见过不少的演说家企图指点世界
却无法自圆其说

似乎唯有诗人，获得了神的庇护
可以在文字中仰望和敬畏
荣耀的中央

吴少东

灯火

酒醉醒来，摸黑走向
一只杯子。我喉咙中
竖着一口枯井。
梦乡的河床，在昏暗中
干涸了一宿

进入中年后，一些习性
固定下来了。内宽，外远
习惯缓慢的力量。
责备体制机制，也责备
自己的颓废。我指尖的皮
蜕过一层又一层，
一圈又一圈的涡纹依然清晰

端起水杯，黎明已经生成
但我依稀看见地板上的光。
折射的，反射的一片光亮。
那一瞬，我睡意顿无，坚信
是从厨房里挤出的狭长的灯火。
想见母亲正在为我们烧煮早餐
而母亲她，已离世多年

吴少文

只有寂静吹过风

我抚着我的胸，我是有灵魂的吗
夜空划过陨石的光焰
我接住光焰里被灼伤的碎片
只有风吹过。此刻，我远离窒息的人群

一切都已经静止，没有什么使我孤独
把露滴埋进手掌，我的心隐隐作痛
为瞬间的恍惚震动身体里的翅膀
我咳出带血的果核，只有寂静吹过风

明月在高天上照着我的头顶
我听见幽灵的脚步在渐次熄灭星光
我承受悲哀的余烬，走过长夜里的漫途
月亮为我抬出死者的灵柩

吴乙一

地上的栅栏

突然看到：晨曦将栅栏搬回地面
倾倒的瞬间，她用尽了云朵的力量

就连身旁的河流也相信
栅栏淹没了我们。整个世界矮下来

仿佛无限变幻的牢笼，不可攀援的铁轨
或是一面镜子虚构的深渊

从天而降的安静中间
我宽恕了不断加重的悲伤

是的，我怀揣密令，在这辽阔里
一直奔跑，直至黑夜降临

西娃
||||||||||

书架上的圣贤们

他们死了
并不完整的精神与魂灵
在书里
被分散在不同的书架上

部分魂灵与精神
将永久死去

我腾出大量的时间
腾空大量的心
在慢慢读他们
很多书，很多圣贤
无论我花多长时间
多少热情与温度
他们依然是死的

只有很少的一些圣贤们
在我的阅读中
慢慢活过来
他们附着在我的身心上
写一些还不曾写出的句子
发散一些不曾有过的想法与情绪

于是我从不说
通过我的手写下的这些文字
仅仅源自于我

夏杰
‖‖‖‖‖
赝品：尊崇某种魔法

把心中的宫殿扩了又扩，为的是
让灰尘住得舒服些
"它们其实是孪生兄弟"
就像烽火与篝火，舞蹈的人群仍旧挤进历史
而把说书人挤了出来，这爱长草的人
喜欢在门缝里算时间并且
不打算开门。

尊崇某种魔法，玩命的天荒地老
不作为身体在尽欢，而是蒙着眼睛
为了，门在别处
可以捉着迷藏喝口小酒
喊一声：我是有驾驶证的人
仿若闪电敬礼后，端来了汤药
尽管，蒙布仍在念着大悲咒
与一块铁皮的志同道合
过于柏拉图

谢荣胜

群山之巅

群山之上是积雪、银子阳光和金色尘埃
以远或深处
有我们未知的生活、人和事、动植物、山河……

匈奴、羌人、西夏人以及和我饮下月光朋友
脱下脚印和身影，悄然远遁人间

气息相通，却从未谋面
有缘，相识，相见
无缘，洒落群山

谢宜兴

佛前灯

你的坚忍叫我心疼。一盏灯
移位佛前，没有了重帷之隐
却自此深渊如临
不敢幻想某日灯花百结
更怕焰舞迎风，一时恣意忘形
不再担心油残灯尽，但亮光
要拧得恰如其分，照见佛面
也照见佛堂上俯伏的心

像殿上之佛端坐着，慈颜高古
只可形如止水，哪怕经幡翻飞
必须貌似木鱼，即使心若钟磬
还不忘时刻自醒，你
面对的顶礼膜拜是因为
佛在身后
那份焚香的虔诚与屈膝的恭奉
不会是对一盏油灯的礼敬

命相师掐算八字说道佛前灯命
你想，该如何对自己说我不信

心亦

在敬亭山看雪

这只寒鸦，在灰色蒙蒙的
天底下飞。比灵魂的欲望轻，
比上帝的旨意低，比一朵轻盈的雪花
高飞了几毫米。

这是黑夜里，一块浓缩的铁，
用重重的铁锤都敲不碎。
但它却不敢与雪原茫茫的白，
对视一回……只是一头扎进空空的饿，
靠收集雪：破碎或断翅的响声，
充饥。

这是一枚活生生的钉帽，
黑色的身体，钉进了君王白发皑皑的头顶。
居然在那么白，那么冷的空气中，
蓄意复辟。

虽然这样黑，这样孤寂地
去凝视：一只瓷质梅瓶，碎骨粉身。
却比看雪色的白，更轻；
比看闪亮的灯，更明；
比用一把快刀，夺人性命，更残忍。

189

辛夷

遗忘书

涛声喧嚣，有我看得见的生命在张扬
有我看不见的神秘在黑暗生长。第十二种孤独
当我坐在礁石上时，开始朝海面蔓延

我急需一个词语筑起堤岸，防止内心
潮水溢出。需要一场雨降临，清洗时间
的灰烬，让潮汐的触觉退化。让我绿色的梦
被限制在石头上。让你幸存在我身上的习惯
以潮水的蓝返回大海。

盐和回忆，都交给时间吧
我要停止朝自己的肉身挖洞穴
不需要躲藏了，我要用最缓慢的方式
遗忘。走到一片海，就扔一块石头
直到把你从我身体丢空

徐嘉和

每天只能想你一点点

每天阅读一页书
一年后一本厚厚的书便烂熟于心
每天泡一小撮茶叶
一年后几罐茶叶便见底
每天想你一点点 一年后
厚厚的日历每页涂满了思念

早安晚安如相思的虫子
日日爬进爬出
每一次的离别都是目睹你孤寂离开
那瘦弱的背影被重重的背包挤压
公交车的启动 酸酸的眼眶
往后的日子 每天只能想你一点点

前半生寥寥草草 后半生期望风平浪静
每天想你一点点 心便如磐石安稳
人到中年 名利的浮云渐渐散去
期盼温馨的阳光如金粉洒满情感的后花园
每天想你一点点 删草除虫精心打理
庭院四季如春 安心喝茶聊天仰望星空

徐泽 ▏▎▍▌▋

家谱

家谱
是线装的
写在病态的宣纸上
有和蓝天一样淡蓝的封面
被苍凉的秋草覆盖
我曾在尘封的泥土里
用鹰爪翻阅
它如一阵微风
拂过故乡通洋河的水面
总有一些事物不肯下沉
会在某个梦里会面
多少次我扛着大树上路
像扛着长枪
把散落民间的宫女收录名下
从此我是一个有身份的人
哪个朝代都一样吃饭睡觉
在楚河汉界
争夺地盘
不知不觉就成了一步死棋
云雨后天空变幻莫测
更多的时候
是我弯腰捡到一枚纽扣
缝补寿衣
窗外的月光也学会了穿针引线……
这辈子只能这样了
不这样又能怎样
阴曹地府里也亮着灯
又一阵风吹过

轩辕轼轲

白令海峡

"水漫过了我的脑海"
"两个海应该找个桌子谈判"

"搬运海峡的去搬运风暴了"
"这倒是解雇乌云的最佳时机"

"还有能靠岸的岛吗"
"只能火线提拔暗礁了"

"不懂水性的上帝凭什么纵容水"
"这个问题已被海盗抢走"

"厌倦是我的航线"
"在讣告里不要抒情"

雪克
║║║║║║║

一个人中秋

找我算账的人
迟迟没来

观天象，测水势
午夜里我拽起一条榕江，泼向星空

一群好奇的猴子
叠起通天罗汉

它们摘下皓月
贴着水面，滑翔到我肚皮上

雪鹰
||||||||||

邂逅

至少，我不是董永
林冲也只有豹子头

你听到的回音
正是我着地时的呐喊
物理学早已定了传播的方向
还以分贝代表高低

恰好此刻，你从天上路过
翅膀是耶稣给的。玉皇大帝
只想着把羽毛插在自己的头上

但我不知，这回声
是如何撞击了，你的双翼
和你翎羽里，裹着的心

雪松

病房纪事

10 号病床咽气时
我正躺在 11 号病床上入迷地看书
悠闲地翘着腿
翻动书页——疾走的脚步
死亡引起的小小骚动
直到有人哭出声来
我才恍然：邻床死了
就在我两米之内
完全不像在书页里
那么缓慢，像永世的慌乱
这时，我高跷的腿
才不由自主地放下来
仿佛对另一个世界
有些不好意思

亚楠

蓝森林

起伏的山峦谛听
晨风，和百灵鸟的歌声
松涛淹没了
岩石上，细碎的银屑眨着眼
呼喊他的名字——
秋风劲，虚掩的
院门在幻觉里爬升
如一缕光进入
天空的倒影

空阔连着雪峰
插入天庭，并用黄金的兽骨
制作一把神剑
请记住它们吧，雪松
扬起的涛声
此刻，在无垠中铺展
的调色板
以大地为背景，完成了
他的巨幅油画

涇雨朦朦
||||||||||

早春，就着一条绣花裙

我要向春天学习，要把
生长当成迫不及待的事情，把勃发
散在发丝里，把绿色长满我的
绣花裙，偶尔一点蒲公英
还要一朵迎春的黄，一小片
桃红，抑郁之时
下一场小雨，丝丝入扣
我把涌泉穴炙得火热，三阴交注满
红花的颜色
多美啊，早春
我的绣花裙充满了棉麻的呼声，它
喜欢
绵长的雨水，喜欢喇叭坠落的
雷声，喜欢春的
大绿和绣花的声音

颜梅玖

夏天即景

蓝色的山峦，火红的岛屿，金色的树冠
漂浮在七月的黄昏里

像我从前狭长的梦境。此时
它们在加深，加宽

五十米处，一座砖红色的哥特式小教堂
剪影般的十字架，仿佛落日的纪念碑

唱诗班的歌声整齐，轻柔
我几乎忘记了今天的悲伤

几个小时后，那浓艳的，很少出现的美
变成了黑暗中闪亮的星星

燕南飞

夜宿羊场

今夜，谁途经我的窗外，放逐一枚月亮
谁顺手敲响梦境，悄然无声
月光抛开心事，挽着草地的手
在拐弯处翻越栅栏
深入不远的幽暗

爱醒了，花哭过，野鸟一声声鸣叫
包围着零散的目光，一次次盛开一次次凋落
那件衣衫最柔软

借着冷静读懂它
而它就住在你的身体里
每一次抚慰都不忍放手
花影，树桩。从此不提流浪
你忘记了你的名字，我却忘不了你

杨强

刺

绣

马路上刺绣
一草，一草，就是春天的一针，一针
成山。风轻吹，要让绿色均匀
一朵红色的花是伊人，一朵白色的花是郎君
隔路相思
邮差轻盈，几口就把心思含在嘴里
它在上空不肯落下
伊人扶着草，把身子望斜

杨胜应
||||||||||

手艺

父亲的手艺是把竹子分成丝
一丝一丝的把日子编织成背、挑、抗、驼
搬、装、盛、放、搁、填、筛、晒、睡的形状
母亲喊他篾匠，父亲不喜欢正面回答
但会在后山的林地栽上更多的竹
柔软的绵竹，有弹性，可以一头连着天空
也可以一头低在大地的缝隙里
母亲的手艺是用刀把这些形状弄坏
让它们回到竹子的本色
每一次，都有着浓浓的炊烟，很多时候
我都看见母亲在里面泪流满面
父亲喊她老解，母亲会给他端来饭菜
堵住他从地里回来的嘴

杨维松

虚
实

此刻，虫鸣茂盛
如野性般生长的枝叶
那种韧劲行走在自己的执着里

地上有遗落的羽毛
被虫鸣的声音拒绝收藏
沉溺于时间的河底

远处有野猫出没
小心翼翼地伸出左脚去探虚和实
却掩不住内心的兴奋
踩痛那些年的我们

这一幕，就埋在葡萄藤下
记录着爱的力量
让虫鸣声更加幽深空灵

杨邪
▏▎▏▎▏▎▏

自
由

夜半噩梦中醒来，黑暗里，
紧盯着看不见的天花板
有多少人会在噩梦后失眠，
又有多少人会翻身睡去

意识逐渐模糊的当口，
一阵狂吠响自楼下的小树林
——无数条大狗小狗，
约莫来自不同的家庭或阵营

持续不断地狂吠，
意识恢复清醒，
我总算听得分明
显然绝非娇贵的宠物狗，
那是久违了的乡村土狗啊

连乡村都快消亡，
哪来如此多土狗，
且纠集到城里
我不由得担心起自己的睡眠，
可又能有什么办法呢

打狗队取消后，
它们恐怕就是世界上最自由的个体
意外的只是，
持续不断的狂吠中，
我竟然很快睡着

杨雄

与子建书

自建安别后，音讯稀疏，你送我的纸笔、车
马，早已报废。

当时煮茶，打铁，在山中长啸，在洛水听你
唱起轻快的歌；

当时都着白衣，都喝酒，不磕药——这个习
惯保留至今，每年一件的白衬衫，像椒江罕
至的落雪，大白天里生出明月的皎洁。

当时你住候府，我住木屋，吃井水，听蟋蟀
彻夜长谈，而现在类似：

窗外是暂时的农田，有洗菜湖塘，跨过季节
的蛙鸣。

这些年认识的植物还是那么几种，还是在中
秋以后，等桂花落在头上

而路过的州府不可计数，表格里的姓名、籍
贯一改再改；

这些年已经白发渐生，早睡早起，已经皈依
东海，肺腑之间，渐有岛屿气息。

杨勇

7月29日还乡，夜雨里想起母亲

夜雨，蔬菜抑制不住自己的茂密，
用鸿蒙深处的汹涌，用事过境迁的荒凉。
泥土轰鸣，像那株孤葵，但我不哗响。

你种植的小园葱茏，生长吞噬着它们。
你在时，芍药芬芳，瓜豆攀附，韭花似雪，
今更丰茂，蛛网，绿和黑，向小院决堤。

唉，妈妈，我不悲凉。我知道小园里
每朵死去的花都住着一个水绿的婴儿。
归去来兮，我不分辨浓淡，世上的白黑。

虚无是把刷子，它刷风刷雨刷坤乾刷空色，
惟五光十色的泡影坚硬。唉，妈妈，
奈何经里，黑，我还是希望一座还乡的桥。

杨章池

靛水录

"这是你的。" 躲完大水的清晨，母亲
把这包黑色粉末塞给我，把我塞进
拉家渡小学丢魂的钟声。

小心翼翼，倒入循环使用的葡萄糖注射液
吊瓶，冲进热水，看它
激烈地化开。

使劲晃，让黑撞溅，蔓延
瓶壁被抹得密不透风
小发明家，头昏了一会儿

乏力的蚯蚓：我挤捏钢笔
的胶皮管，让它吐出空气和一阵
有气无力的浓涎。

将笔头整个埋进墨水瓶
让它畅饮，用大拇指和食指尖
感受那黑色水位，攀升的饱胀。

反复几次，挤压出空气
直到新墨爬满整节皮囊
笔头新鲜，笔舌湿润。

要写出最好的钢笔字，要画出
最美的、最后的小学。
多年后我也这样猛力把自己化开

不然我就是浆糊一块；
也这样自我挤压至枯竭
除尽残余，迎来灵泉的灌注！

姚瑶

野草蔓延

高过人头的野草，长得轰轰烈烈
一场春雨之后，即将蔓过低矮的木楼
我把它们写进诗里
装进一张 A4 纸里

大部分时间，我与这些野草对视
我需要一个春天的时间
来收拾野火烧不尽的残局

我把它们整齐地收进我的诗里
阻止它们漫无目的，杂乱无章
可是，我怎么也无法
阻止它们在深秋绵长的咳嗽
和一个冬天的疼痛

一度

丰溪

从流水中听剥茧声，听丝竹声
听过往的反复纠缠
微风里，听久病的小外公
他的预见。即将消逝的生命之声

听自己崩溃掉，烂在湿地的
滩涂。再也不会因为
一块瓦片，坐在灰蒙蒙的石桥上
哭，看灰蒙蒙的邻人
如何走远，吞下烟囱上的落日？

听笔直的乡间小径，没入荒凉
在房顶，那些不肯睡去的人
抱着久散不尽的薪火，听丰溪一路奔腾

一剪梅

刀

锋

一定要提到铁锤
说一说它对你残酷的折磨
然后才是，你在愤怒的泪水里
迅速强硬起来的性格

对石头的情感有些纠结
你们曾相互折磨
就像一位母亲分娩时的心情
幸福和痛苦同时在身体里扩张

之后你被耀眼光芒笼罩着
几乎忽略了身体内部的阴影
仿佛你就是智慧的化身
可以果断地抉择一切事物

但是你从不敢对一块石头出招
你知道，一旦出手
受伤的绝不仅是石头
面对水你总显得犹豫不决
——它多么像你流过的泪水

伊有喜

||||||||||

从前的灯

从小我就知道一灯如豆——
风吹一下，火焰就抖一下
好像我的父母在人世，
不停地向这个那个点头弯腰
我儿时恍惚的影子在墙壁上忽大忽小

我目睹过父母的风烛残年——
他们多么像风中的烛火啊
风吹一下，火焰就抖一下
风中的火焰随时都会熄灭

我知道有一种可防风的灯——
煤油灯上戴一个玻璃罩　它叫什么？
我坐在阳台越来越浓的暮色里
怎么也想不起它的名字

衣水
||||||||||

鱼骨

这一根空心骨头，撑着时间的阴冷
它的白，是失重的力量

它是来不及盛开的玫瑰
我身体里的凶狠，它在容忍

像容忍一条鬣狗嚼碎它
它让我感觉，活着是多么尴尬

我是一挂倒立的鱼刺

殷常青

他

乡

火车。站台。迂回的台阶。回头的影子，期期艾艾，
半轮明月，向你静谧的深处靠近，道路很远，
他乡一定藏着寺院和流水，就像你的眼睛里——

流出的，除了泪水，一定还有别的什么，比如时光
挤入的灰尘，比如形而上的爱情，或形而下的爱情，
比如岁月远逝，镜子破碎，那也是一滴滴的心疼。

还有安静，那是千里之外的安静，还有匆忙，
那是一公里之内的匆忙，还有那持续了很久的冷，
背后的冷，就要变成可以原谅的蔓延，甚至是暖——

想象的暖，回忆的暖，永远的暖，像拥抱
在一起的两个渴望的身体，像一封就要抵达的家书，
你要与凉风一起摇晃，忍耐，宽谅，心甘情愿——

在他乡，你要把这一切变成灰烬，再开出红花，
你要准备好，为突然到来的欢颜，藐视世界所有的
黑暗，你要无限缩小，隐入低处，像小蚂蚁那样——

不停地奔行，用单薄的小身子去裹走一个春天，
像一块石头那样，在时光里磨炼出一付好意志——
在他乡，不仅仅是火车和站台，不仅仅是最深的寒凉。

213

应诗虔

走在陈山古道

山上的土，沿水流下滑
它开始学会遗失，最终在水里沉淀
它早已不是尘土

山脚下，方方正正的禅寺
香火不断。
当一个人的名字成为一座村庄的名字
我就朝历史的反方向走

天空的流云有自身的沉重，孤单的事物
在时间里流动，雾霾高过山顶时候
隐没的不止是周边的村庄，还有整座城。

应文浩

熊熊的炉火没有熄灭

熊熊的炉火
映红司炉工师傅的脸庞

他的身体被猛地推进炉膛
像一个逃学的孩子被推进教室
咣地一声，炉门关上了
呜呜呜，鼓风机加大了风声

出来时，他已是它
白碎片，白粉末，红火星——
白粉笔，红墨水
"把里面的杂质挑出来"
把里面的错，挑出来
一把火钳扔过来

熊熊的炉火
映红司炉工师傅的白手套
"不哭，不哭
它成了尘埃
会永远活着"

尤佑

入秋

习惯了，
用舌尖抵住将死的牙根。

我并未享用过量的幸福，
那颗蛀牙过早地谢绝欲望，如枯桩。

在我年轻的身体内，
已有太多不可控的因素。

亦如发出的承诺，未能兑现，
一颗折损的心，预兆天空的沦陷。

入秋后，天干物燥，
火气灼烧西天霞光，枫叶般一声声喊疼。

我用尽口舌之力，
只为忍痛说出这阑珊的秋意。

余怒

标记

十二月初的某个晚上，
我为我的五十岁感到难过。
以之前发生过什么来推测
之后将发生什么。
相信某种药物，如同从前
相信过的诗——这一次才有效。
在朋友家，接受众人的
祝福，酒后呕吐两次。晃荡到
一户人家院落外的砖砌人行道上，
倚靠冰冷的尖木栅站立，
让我的脸
仰对一颗小行星。

余燕双

青春祭

像一块石头
像一块没心没肺的石头
埋在了 1966 年 5 月 16 日
埋在七间房正厅八仙桌底下长年不见天日
镌刻在后背的文字还在
时代的疼痛感已经消失在时间的灰烬中
多么希望打开身上的门
睁开眼睛走出自我
看看长六亩的油菜花开了没有
旧时的燕子回来了没有
像一粒种子
像鹅卵石一样平静的种子

虞兵科

只有浩瀚，才配得上大海的名

千军万马。挟持雷电、风浪
三千里潮声擂战鼓
谁的江山，被闪电打磨成尖刀

死亡和苦难
还有鱼翅上的风声与阳光
这荒海上仅存的火种
是我不能忽略的图腾呀

亲手放逐的渔火
把所有的鱼骨，燃烧
时间的手指上，古老的渔谣
正背负疼痛的火光

等待风暴的固执与诅咒
不能摆脱巨大的陷阱
在一片浩瀚的水上，也要摆上我的头颅
用高傲的姿态
在胸膛上杀出一条血路

宇轩

秋虫唧唧

明月在今晚害羞，
它的前面肯定是幅水墨。

认真一看，其实是一件赝品。
仍然可以悬挂。会客。寂静。

虫鸣突然在窗下叫了几声。
像花洒，对着枯木发了几次善心。

育邦

三角湖

火，漫不经心
驱使我们走进你
夕阳在山，荷花已凋谢
栾树的花朵随风而下
像雪花一样安静地落在头颅上
白云的印戳时隐时现
在水上移动
湖面阔大深远，向星辰延伸
她以沉默恢复被打破的平衡
那些卜居者一如从前
身着缁衣
漫步、翔集、深潜，或者散落
隐逸在繁杂平庸的树丛中
及时光的阴影处
他们的辞典里没有远方
他们只是拥有每一个时刻

每一片羽毛，每一片树叶
都像一滴水那样
走向纯洁，接近无限
叫我们心生嫉妒
因为我们殚精竭虑
探究一生
也没有长出一片

郁颜
|||||||||||

自然课

乡间总是有很多
无名的小路
带领我们遇到那些不知名的野生花草
它们如同一群生僻字
漫山遍野地牵引着我们的好奇心

途中，我一遍遍地来回翻阅
在背对刺眼的日头时
随手拍了一张写真——
人形的轮廓里
一丛野草莓用星星点点的果实
完成了对我的试探
很快，身影覆盖之处，我都将宣布占为己有

荒野并不荒芜
自然的子民们，它们落地生根、占山为王
一枯一荣间，暴露了人间的四季
也藏着一些世人眼里无意义的执念和秘密

元业

闪电

重新安装天空，
涂上云的灰涂料
腾出生活仅存的细节，
让雨从天空走下来
面对功名利禄，不乱摸。
一块石头，也要时常擦拭
让它的光，和我骨头里的光，
平起平坐。
让酒涌上闪电的血脉，
往雨水中加减生活的信仰
勾兑山上的雪，
西北风，
成千上万吨的草原
接受补写的花和草
一个无论成败得失的人
用生死的语速，
腾出天空一样的空间
删除雨，
和眼角汪洋的残枝败叶
风吹来，
纹出两三声雷鸣，
在内心深处挣扎。

袁东瑛

‖‖‖‖‖

为光明破土

太阳翻过一座山
就到了月亮的背上
充满流言的夜是危险的
有情绪的人时常把天拉黑

世界在黑中栖息
树木、山峰、田野还有河流
冲出了形状的牢笼
一切鬼魅和灵魂交欢
万物忘记了自己的幸运
黑让夜看不见错误

而闪电的翅膀提醒世界
幸福是内心的光明
当一块石头要完成站姿
一颗草要活出辽阔
尘埃之下，所有的黑暗
都在为光明破土

袁伟

实验田

如果不刻意提醒自己
一定会误以为，这就是春天
在实验田边，我经常
会产生这样的错觉。小麦
大麦、猪殃殃、看麦娘……
它们使劲顶开头上的泥土，
月色的清寒或温暖，
全然无暇顾及不断向高处伸展，
踮起脚尖夜里的绿色，
格外耀眼，
一片片像种在地里的星星。
而天空早已被洗劫，
仅剩一个半亮的灯笼
只需要一个豆大的光点，
就能听到极其细微的声音——
采食光照
比花开的时候更低、更小

云亮

梦鱼记

车一晃，梦从觉里
荡了出来。
我赶忙伸手去接
我的手僵在空中
像握着一条从缸里跳出的鱼。
觉没了。缸也没了。
从省图书馆到花园路西口
我坐立不安地僵着手
手里的鱼开始还挣扎着
要滑脱出来，渐渐地
没了声息。从车上下来
我下意识地把手
凑近鼻孔，似乎
真的嗅到了浓浓的
鱼腥味。

臧棣
||||||||||

彼岸花入门

眼睛睁开时，幻象和真相
已混淆在一起。最积极的，
原来是矛盾。死亡的味道
已被冲淡。风，像一块蓝布
铺向大地的缝隙。低调中，
一个安静拥有全部的倾听。

我也不例外。我矛盾于
我太需要人的幻象。我的安静
就是我的倾听。而那个传递
不会因命运的偶然而终止；
它持续如蜜蜂拎着一把小提琴，
拨弄记忆的花蕊。要认出

我花坛里的土，仅凭走下神坛
是不够的。你得准备
和最美的开放一起冒险。
而我得学会把现实孤立在道路尽头。
黎明是你的花瓣，光的味道
绷紧了时间的精神。黄昏

是你的花瓣，落日如一桶颜料，
令神圣的黑暗充满悬念。
在此之前，浮云是你的花瓣，
辽阔的，北方也是你花瓣，
甚至安静于追忆时，我也是
你的花瓣。我的凝视就是你的味道

227

占森
‖‖‖‖‖‖

火焰

荒地和油菜花，应该都与火有关
一个是燃烧后的，一个是重生的
你唇上的水泡和夜间的惊醒，
也和它有关
它在某处，只待适宜的时机
在握锄人的掌心里串
在讨债人的眼里晃
每一天，都有芦苇被燃尽
每天都有不及看到的东西，
在挣扎你常选择冷眼看戏
是因为控制不了，
体内忽高忽低的温度

张德强

倒影艺术：残荷

然而，在水面练习书法
并非我的初衷
这些简单的笔画勾勒出甲骨文
或阿拉伯数字，仿佛象征
生命的无奈

残败，绘制着我的衰老
无穷碧和别样红属于过往青春
包括叶上的珍珠
蕊间的蜻蜓，如今早已远去
我的绿伞枯萎，莲房干瘪
种子收藏的一丝苦心
被谁摘走

不是为聆听秋雨倾诉
才留下这支离破碎的骨架
我只愿把阳光与爱
储存于藕段
深埋污泥中，而每一个小孔内
都塞满了我的盛夏情感
我在水面做有记号

这是我随意创作的抽象艺术
专供秋风翻阅

张二棍

入林记

轻轻走动，脚下
依然传来枯枝裂开的声音
北风迎面，心无旁骛地吹着
倾覆的鸟巢，倒扣在雪地上
我把它翻过来，细细的茅草交织着
依稀还是唐朝的布局，里面
有让人伤感的洁净
我折身返回的时候
那丛荆棘，拽了一下我的衣服
像是无助的挽留。我记得刚刚
入林时，也有一株荆棘，企图拦住我
它们都有一张相似的
谜一样的脸
它们都长在这里
过完渴望被认识的一生

张乎

这些年

这些年我总是习惯在阴影下行走
看不见的笔　书写着我的命运
我知道即使一切重来
生活也不会给我太多的惊喜
该来的必来　那逐渐暗淡的月光
和晚祷的钟声　都在路上
这些年我聆听更多的雨水
敲打树叶的清脆　和敲打岩石的沉闷
哪一样更真实
我用大米计算青春　用小米计算爱情
中年的盈亏　只剩下一张薄纸
这些年我爱上了偏头痛
在医院间辗转　药片的苦涩
已渐渐变成了甜
我分不清世界的原味
只能咀嚼这些过期的日子
并且说服自己坚持着过完一生
这些年我常常低头
寻找比我更卑微的事物
爱上它们　怀着蚂蚁一样的谨慎
我已失去了仰望星空的兴趣
满天星斗　在我眼里不过是一堆破铜烂铁
这些年我偏爱钉子、刀锋和闪电
我要把这些尖锐的疼痛
狠狠地刺进生活的肉身

张建新

简介

34 年了，我活在一个名字里
我曾经用了两年时间练习爬行
很显然还不够，以致于
在生活里我要经常做些补充练习
我出生的地方我从来没见到过
因为刚出生就像草籽一样被吹走了
可能以后去看看的机会也很渺茫
所以我的籍贯这一栏一直是杂草丛生
我现在只能生活在他们的故乡
一次次经历着浮云变成荒土。在
打开的青春练习册上我曾写下过
灼热的爱与恨，而今天我在写：
疼痛、药、隔阂、火焰、账单。
在村庄，我清晨离开，夜晚归来
偶尔抬头看看薄冰与月色，灰斑鸠的影子
时时徘徊于内心空荡的原野。它们
合谋制造了我：一个在纸上
漂白理想，身体沟壑丛生的陌生人

张洁

时间止住了倾盆大雨

夏枯草还没有枯
夏季依然茂盛

何处的花香，浓郁了
一整个早晨

黑鸟唱完难懂的一曲
悄悄落下来
跟在我身后，啄食
刚刚播下的种子

晨露满盈
此时，应该抬头，微笑
蓝天亲切

无须讶异：云之路
在东，在西
辙印，或者神迹

张敏华
||||||||||

雪融化了

五个月大的外孙女，开始翻身，啃手指，
给她洗澡，她抓着我的衣服
不肯松手。

抱着她，闻着她淡淡的
乳香，我在她的呼吸里呼吸。

等她长大，我想她会伏在我的肩头，
为我拔下一根根白发，
告诉我："雪，融化了——"

我相信，她会替我分担人生的
某种无奈，彷徨，
面对她，我不用说谎，也不用
担心自己说谎。

张牛
||||||||||

我遭遇的冬天竟然如此漫长

我遭遇的冬天竟然如此漫长
以至我手上还握着秋天摘下的一枚青果
多么美妙的斜光倒影也无法猜透季节的隐喻
我生长逗留的南方并没有想象皑皑的一片白雪

我一遍遍写下又涂抹了那属于大树脸上斑斓的色彩
我渴望的记忆日渐衰退却依然牢记老家干枯的瘦影
我翘首盼望的春天总是姗姗来迟
那以泪水浸泡的种子终有一天冠以大地绿色的名誉

张巧慧

玩物志

继菖蒲之后，一盆多肉成为新宠
细茸毛，颗粒状
又爱上太湖石，在石间种苔藓、种虎耳草
小空间，小精致
还能爱些什么呢？
小县城，九楼之上
铁打的营盘，案头
国事、天下事，公文
一摞一摞
养的睡莲长了虫子，又养两条鱼
一条有突围的勇气，跳出花盆风干在地
一条如我苟活至今。水越来越脏，
想到自身境遇，善念一动
还它自由如对自己高抬贵手
新闻里一个村子被毁，或一座寺院被占
另一个地方有了战争
河道里布满暗网，放生时天上有云，
形似刍狗。
还能爱些什么呢？
不如养花，不如玩物
不如放生去

张诗青

被山羊踩下悬崖的石头

在老家，
山是一层一层的
石头与石头之间，
说的话没人能懂
只有夹杂其中的
那些卑微的草木和风化的土方能解密

所幸的是，
所有的石头都昂着头
将人间肆意的喧嚣，
一次次踩在脚下
它们的眼中
仅够栖息那些俯瞰的鹰或神秘的星辰

一只山羊，
为了吃到鲜嫩的草叶，
铤而走险
凭靠矫健的四肢，
游刃在悬崖上
在石头高贵的额头，
咀嚼着它的眉毛和须发
那些被它踩下去的石头，
将变成一堆流星的头颅

237

张映姝
‖‖‖‖‖‖‖‖

驼绒藜

一条小路，延伸着城墙
没有更高之处。小路边的驼绒藜
是最高的盛开

破城子盛开，在时光的深处
古牧地的烽火，历史的烟花
被血液的基因打着，钻燧取火般

城墙的一侧，田野黑绿相间
黑色的，是庄稼的骨灰
绿色的，是活着的生命

多逼真，这历史的缩影图
我的手指，探向灰绿茎秆上
密杂的芒刺
血珠渗出，一粒，两粒

这轻微的痛感啊，不会
比游荡于此的古人更浅
也不会比未来者更深

张永波

‖‖‖‖‖‖‖

等风来

呼玛河，你挂在白桦和樟子松的胸前
像在等我的身影，在你的浪花间
放牧满天的瓢虫和飞蛾
唯一可信赖的
是呼玛河的干净和湛蓝
野花和蒙古栎睁大的眼睛、
清纯，无邪，她们不吵
内心没有风暴

等我青春已逝，银发如雪
古老的山风从肋骨生出翅膀
呼玛河带上
飞龙鸟和驯鹿的生息资讯
给了我高寒河水的温存
和惊喜。呼玛河别来无恙
恪守天条——从旧事的记忆里
捞起沙漏还我一个信念
这是我将背影留河边唯一的理由

张元
||||||||||

我知道的那些绝望

不必惶恐，不必害怕
年少的心事永远都有理由，得到原谅
我们只管喝酒，相视沉默
都不要去说一句话

我们不能把美好描述，不能
让赶路的人知道远方的疼
不能在冬天里抽出一把刀
扼杀春天的伤口

我们不要离开的太久，
不要让血液在原地
暗藏汹涌，白天时像桃花无所事事
黑夜里又像陷阱，画地为牢
一生都在寻找
一生却都不能到达

张作梗

坐在大自然中写诗

这是巴颜喀拉山北麓。毫无疑问，
如果我继续坐在这儿写作，雪水融化的
声音就会落进诗中……
一整天，头顶上有影子在飞越，
而抬起头来，又发现什么都没有。

我是一个人？嗯。写诗就是一个人的事。
就是将一个人隔离，挪移到某个
人迹罕至的所在，
去接受大自然的训导和教诲。
——在那儿，就连最细微的荆棘缝隙，
也有着宽阔的视界。

此刻，我坐在巴颜喀拉山北麓一片茂密的
丛林中。鹰俯冲而下带来陡峭的
天空。时空压缩得如此小，
仿佛只要伸手，我就能将冰川提成一盏
轰鸣的灯。而稿纸在脚下移动，
提醒我写诗是一件促成
大陆板块漂移的事情——

我脱下穿了三十几年的平原，第一次，
坐在如此高远的地方写诗。
词语粗粝的呼吸混合高海拔的风，
摇撼着手中的笔。我把赭红色的岩石
灌注到诗中；我把一条河的源头迁移到
诗中。写诗，就是遵从并暗合自然的
节拍，在万物中找到自我的存在。

赵目珍
▥▥▥▥▥▥
取栗者

取栗的人，站的离此不远
但即使如此，你也不能洞穿动作的迅疾
以及结局中那被烘烤得完美的栗子

你专注于此，从而忽略了火苗
这一事实的核心在于
它完全不同于普罗米修斯从神山盗取天火
也完全不同于自作聪明的掩耳盗铃
最关键的是，它是智者的表演
这种演绎，激烈处可以让人噤声
但却不失为一种最高荣誉的赞叹

然而其动作却并不使人陶醉
我真正的陶醉在于，我已从陶醉中逃脱
很显然，我不是一个取栗者
与此同时，我更不愿做一个无聊的看客

赵幼幼
‖‖‖‖‖‖

仰望天空外的天空

请将我关在瀑布里　用你的镜头
关进去的
还有我的鱼尾纹
星星点点落在鼻翼的斑
烟火背后的眼睛

我蹲在一块大石头上
像只鸟雏
比一粟还微小
后面飞起的水花　令我想到一抹
青春的凉意

我托腮　孩子般仰望天空外的天空
飞鸟里的飞鸟
草木间的草木

面对飘过的光影　用经年失修的
兰花指
托住三十三年　托住
岁月之上的你我

郑阳
||||||||||

一个人在山顶上

一个人在山顶上，心难免有点苍茫
左边是悬崖，右边是峭壁
天无绝人之路，学古人来几声长啸
也无妨

陡壁上有一朵野花，正向着苍穹怒放
我微笑地看着它，
顺带想起了自己一生中的
那些坚强

云雾不断涌上来，把尘世的烟火彻底隔断
我眯上眼，端坐在云端
想趁机修剪一下内心纷杂的枝叶
午后偶入的万福寺，木鱼声声檀香袅绕

但我终归还是俗人，捱不到一炷香的光景，
心底突然有一阵莫名的恐慌
还是采一朵祥云就离开吧，我想继续去
人世间晃荡

止语
||||||||||||

一篇醉话

把月亮灌醉
我就是主宰黑夜的君王
无需攻城掠地只要兵不血刃
蛊惑踉踉跄跄的风
篡改了诏书
就成功策反了一次暴动

无需太多翻江倒海的顾忌
收拾好旧山河
这残破的江山和多疾的美人都是我的
我会用融进骨头里的豪情
与生俱来的善良
把江山和民心放在良心的天平上
这些 都是济世的良药
还有我的半首诗歌
足够支撑一个王朝的兴衰

我有着气吞山河的豪迈
欣然接受 岁月赐予的刀光血影
以及 背后射出的冷箭
如果累了
就与这不清不白的尘世一刀两断
觅一处秦岭的云端归隐
在一个美人的臂弯里酣睡
在一枚历史的脚印里
被黄沙淹没

芷妍

道具

世间那么多山川，树木，河流，建筑，
包围着我
参差的阳光，雨雪 ，风声，
白昼黑夜也包围着我
世间那么多的人在行走
那么多心脏，血液，眼睛，嘴巴在行走
那么多声音，颜色也在行走
其实什么都没有
都是上帝和我玩耍被安排制作的道具
制作了各种恶作剧
饿死，冤死，打死，病死，车祸，战争，溺水
各种想不到的意外花样
国家，法律，道德，艺术，科学
还制作童年，少年，爱情，初恋，
悔恨，孤独，喜悦，忧伤，无奈
其实什么都没有
只有我一个人被创造
安排在这里
整个天下都是道具

周惠业

||||||||||

年货

上午，陪母亲置办年货。
花市里各种开放。
牛羊被拆卸。
忽然，笼子里一只鸡喊叫了几声。

火锅店朋友说羊肉必须浸泡才美味。
被宰杀前的恐惧，让肉有了酸味。
忽然，就想起了猪的哀嚎，牛的眼泪。

母亲自言自语说你爸墓地太窄不能
添土，也没法种花草松树他会不会冷
——反正迟早得去那儿
去了，就再也不用担心分开……

我犹豫了好一会儿。什么也没说。
落叶在空中盘旋。
不甘地，海水慢慢远去。

周明

‖‖‖‖‖‖‖

事件：盗窃

田野边，瓦匠拔出錾子
在白萝卜上雕刻光宗耀祖的誓言
当听到儿子盗窃教室的消息
他的左手抓个幺鸡，右手握着二饼
糊了一盘诈和
儿子吊成"半边猪"
父亲想从竹条里抽出崭新的祖宗
儿子就像父亲亲手种下的萝卜
一碰就碎
儿子喊："妈妈！救命！"
这时，他的母亲正在泥土里
修复年久失修的棺材

周瑟瑟

花椒树

在成都我想找花椒树
朋友，请告诉我
在哪里可以见到花椒树
它的气味飘过
而树身隐藏
像某个老友
你肯定就在一扇窗子后
灯下摊开的书页上
一行行文字模糊
你的脸轮廓清晰
我梦中的花椒树
一棵灿烂的花椒树
花椒树下的公鸡
傲首阔步
它喉咙里的花椒
与它头顶上的花椒
在这二月的成都
被灯光照亮
我的老友呀
请告诉我
你所爱的花椒树
是哪一棵

周西西

秋风破

仿佛一夜之间，禾叶涌上了田埂
黎明的露水隐含风暴的力量
往天上飞。秋风浩荡
把星星吹到了水里，填补岁月的漏洞

经过崎岖和贫穷，有多少人空出了内心
秋风一再地搬运草木枯荣
大地的忧伤，从不轻易显现

更多的秋风覆手为云雨，致力于
把人世洗得透明
荷已败，南山下菊花暗香浮动——
秋风类似于秋水或者月光，无论

有多辽阔，都是流淌，都将消逝
而我，在光阴碾坏的渡口
耗尽了一个完整的黑夜，打捞日出

周小波

上帝的果园

一棵树也可以是一个果园
没有什么水果
比这三颗苹果名声大了
除了被亚当和夏娃分吃的那只
一颗砸中了牛顿的脑袋
还有一颗被乔布斯咬了一口

《圣经》上的夏娃和亚当
曾经是天堂上两只不长毛的宠物
蛇的诱惑，无意间成了
启蒙真理和引领光明的导师
崩溃与豁然并驾
摆脱蒙昧就是经历了一次伟大的革命
灵魂打开了窗户
男人灼到了女人妖娆的裸体
有了阳光的欲望
女人把害羞穿在了三点上
有了月亮的潮涌

一个果园，上帝的伊甸园
夏娃亚当带着光明和窃喜被逐了出来
蛇也被逐了出来
"你必用肚子行走，终身吃土"
还背负了人们世袭的咒骂

周占林

我在太行山想念一匹马

太行巍峨却高不过我的忧伤
总有可可西里的风
不经意间穿过我的身体
藏羚羊双目圆睁
因为
它再也不相信一朵雪莲的诉说

我从没有像今天一样
想念那匹枣红色的马儿
无视狂风暴雪
无视春暖花开
它只相信奋蹄疾行
才是自己的路

在太行，刀劈般的悬崖
如倒挂的思念
更如一剂毒药，罂粟花般盛开
吞下去，海阔天空
一切皆成定缘
哪怕有一刻钟的凝望
也会看到，那匹回眸轻嘶的马儿
纳木错般清澈的双眼
此时，就连太行山的松树
也会摇响漫山的感叹

祝枕漱
‖‖‖‖‖‖‖

城关镇

我忽然觉得，一个人很孤独。
没有微风，没有被吹打的窗户。我封闭着，
就像我曾睁开眼。

书店只有熟悉的动静。
风扇旋转，或隔壁的理发店装修时，
传来零星钉枪，在重复的一个个
下午，仿佛钉入了我的后脑。我感到
头疼。我肯定被卡在哪儿了。

屋外，看不见树叶飘落
那么安静呀！我只能相信。我还活着，
活在城关镇。
许多小县城都有的地名。

我发着呆，有些恍惚。云层渐渐模糊，
黑暗是我熟悉的色彩。
我知道，夏天很快就过去了。可我还没怎么
热过。或许，我是不存在的。

庄晓明
‖‖‖‖‖‖

邵伯湖以东

再向北 50 米，有一条小路
引下湖滩。绿荫中，几间木屋
供我们伫留，沉思
然而，我们穿越着。或谓游览
仅是放慢了速度
雪松，水杉，垂柳，摇曳的苇丛……遮蔽着
左侧的湖水
但我仍能感到它硕大的存在
以及在不同季节，与石头的絮语，啸喧
一种大地的命运，无须证明
露水。小虫。不知名的野花
背部的阴影。腐叶上的一缕光线
移动，不易觉察。这一切
无言将我们茧裹，诱引我们
进入内部的神秘，深邃
而小路径自前行着。它无法亦不愿
进入一棵树的内部，盘曲成年轮
我们确乎来过这里
但这片葱郁的湖畔绿色，终将被我们
蜕于身后，如远去的梦影
雪松，水杉，垂柳，摇曳的苇丛……以及
那些闪烁如真理的光线
我们从未能真正认识其中一位
我只是从中穿越，完成了自己

左右

在九寨

突然想从这里约一群云朵远走
掠一只大雁高飞。
约下夕阳下灵动的紫藤，老树，碧溪
掠走天底透明的蓝，清澈的白

又突然驻足不愿别离。这一生所见过的美
都在这里开了花，生了根，结了果，安了家

这一生有太多的突然在这里莫名发生。
真想将这些
所有的植物与动物
花与草，山与水，虫与鸟，所有的颜色，
所有的空气
所有的灰……都认作我的生人，熟人，亲人

在这里，我要用清新的呼吸，一口一口
亲昵地呼喊我的亲人。即使是离开
也会得到无力的安慰。也可以用我
清净的心肺肾脏，用我九寨的根茎枝叶
与同姓不同名的相似物
认亲觅宗，然后深情拥抱

李之平
|||||||||||

苍老的浮云

戏剧总是出其不意
突然抬头，看到久别的朋友。
是他，如今偶在朋友圈看到

依旧帅。那时心颤的感觉
依旧刺疼此刻。
中年麻痹，竟还能激动？

事实的距离越来越远
岁月不可能将流逝拉近

时间的流水
早已完成应尽的工作——
将纠葛牵绊冲刷殆尽
只剩苍老的浮云。

你唯一知道的，自己依旧嫉恶如仇，
厌恶攀附功名。
视真人如亲，虚者如蝼。

尘世掠过惊叹号。
你对青春不朽尊严的维护，
对热爱者无保留的付出。

然后是省略号。
这之后，夕阳映照
期待另一种辉光覆盖
我们周身
越来越模糊，直到消失